巫山館

荒山詭影

莫斌——著
胖達——繪

推薦序：小說是虛構的藝術

探究未知事物是人類的天性，一方面是追尋知識的疆界，一方面是在異聞裡大開眼界。這就是靈異、奇幻、魔幻故事最具魅力的地方。

記得很小的時候，第四台播著《鄭進一的鬼故事》，電影裡布袋戲都是有靈魂的，會半夜爬上活人的身上。那種詭譎的氣氛，讓我從此對布袋戲人偶有了不敢久視的陰影。

後來再大了一點，電視上播了一齣港產鬼片《第一誡》，鄭伊健飾演的老鳥警察與菜鳥余文樂必須一起偵辦靈異事件，而鄭伊健開場就斬釘截鐵地說：「第一誡就是這個世上沒有鬼。」

但說這句話的鄭伊健最終還是被鬼給害死了，無法遵守與老婆的約定。

再到現在，Youtube上一大堆講著鄉野奇談、怪力亂神的頻道主，我們可能多多少少會懷疑內容的真實性，但在聽的當下總是會享受那光怪陸離的故事。

小說本來就是虛構的藝術，比的是誰能把故事講得以假亂真。如果小說少了虛構這項元素，那故事就像被拔去翅膀的鳥，再也飛不起來，死透了。

靈異一直是我最喜歡的類型，這次莫斌的故事夾雜了靈異與奇幻，並加入幽默的元素，嘗試平衡故事裡的調性。

靈異這種被萬千作家寫到爛的類型，莫斌則是舊中取新，以巫覡明為主角背景，採用單元式結構，第一集就講了三個不同素材的故事。從蠱毒、龍生九子、到近年熱門的紅衣小女孩，都成為她筆下的武器。在懸念的設計上，也搭配得別具巧思。

蠱毒一章，設計了驗屍官要檢驗的屍體竟然憑空消失，最後還發現那是自己的屍體。龍生九子一章則是設計主角堂妹腦部被寄居了一條「龍」。紅衣小女孩一章則是主角嘗試靠紅衣小女孩嚇跑把他家塞得水泄不通的遊客，略帶惡搞嘲諷的意味。

莫斌就像是已經把創意這項技能點滿一樣，把舊的元素搭配新的懸念設計，讓我忍不住想到倪匡的衛斯理系列，他永遠有能力讓你一直想看下去，這次在莫斌的《巫山館——荒山詭影》身上我也看到類似的影子。

寫鬼故事的大原則，大前輩蒲松齡其實也老早告訴我們了，要把人寫得比鬼可怕，把鬼寫得比人可愛。唯有透過怪事挖掘出人心的幽微，才是能令讀者反覆咀嚼的怪談故事。期待莫斌持續用她特有的創造力為靈異類型找尋新的方向，我非常希望看到《巫山館》的新故事。

推薦者　故事革命創辦人　李洛克

各家推薦

「曲折的探索解謎與幽默逗趣的對話，巫覡明與黃天佑可以說是靈異界的福爾摩斯與華生吧！」

——Marvel版紅人　殺人系小說家　**崑崙**

「一場靈異與科學的角力，玄幻X推理設定，帶給讀者耳目一新的感覺。」

——得獎若干，遊走於各類文體的多棲型創作者　**浮火**

「輕鬆有趣、內容紮實的台灣本土奇幻，在笑聲中轉眼就能看完！」

——醫文獎小說冠軍、《急診實習戀愛學分》作者，甜系醫師作家　**糖翼**

「如果以前沒有毒舌大百科我建議現在就編一本。」

——網路小說家　**溫菊**

「有那麼笨的華生，福爾摩斯早就不知道死了幾次。」

——《彌賽亞首部曲——三聖頌》作者 Lameir

目次

巫山館——荒山詭影 8

第一章：消失的遺體

曾經滄海難為水，除卻巫山不是雲。取次花叢懶回顧，半緣修道半緣君。

年幼的他不明白箇中詩趣，只是單純覺得詩裡的景致很美，美得讓他心生嚮往。為了讓這座老宅增添風雅氣息，他毅然決然將父親留給他的別墅改名巫山館。

不然原本的「巫公館」有多難聽？旁人會不會認為他們這棟別墅專門養蜈蚣？既然這棟別墅將背負他大半人生的回憶，他絕對不允許自己住在「蜈蚣館」。

像他這樣講究品味格調的男人，是會從小細節開始挑剔。

什麼是死人？依科學說法或許可以解釋成生物一切生理機能再無反應可能，體溫降至低點、血液流動呼吸心跳腦波皆停止。依民俗學說法或許是三魂七魄煙消雲散，然而以物理方式說明死人，就是唯留下臟器、皮囊、沒有意識，可能有重大外傷又或者難解病灶藏於體內，也可能是臟器不再運作，只剩空殼冰冷躺著，完整的又或分離的，除此之外別無其他。什麼執念未了，純粹是遺眷心有不甘或者因應愧疚產生的妄想。

亡者的執念，只不過是生者加諸之，用以撫慰亡者離自己而去後，那顆千瘡百孔的心。

巫覡明是如此相信，他不相信死人仍能保留生前的執念，對他而言死人就是死人，那些未消散的魂魄不是執念未了只是純粹迷失方向，而他受夠了那些搞不清楚自己該何去何從的亡者魂魄。

巫覡明不能肯定那位先生死前有什麼感覺，但鐵定不好受！胸腔被開了一道醜陋的疤，裡頭臟器外露，皮膚坑坑巴巴彷彿受到腐蝕，就像即將潰散，不成人形。

就算巫覡明想利用博大精深的中文委婉陳述，他依舊沒法欺騙自己這是一具死相優美的遺體。

嗯，死得真慘，這輩子恐怕不會看到比這更慘的遺體，我該說我怎麼這麼倒楣還是該正向思考自己怎麼三生有幸，能看到旁人看不到的淒慘遺體。巫覡明冷冷想著。

儘管遺體相當駭人，巫覡明仍一臉不在乎地來回檢視照片，桌子對面的男人神情緊張，坐立難安，不斷搓著雙手等待巫覡明發話。

「阿覡，你倒是說說話呀！」

「我不明白對將工作照片外流給不相關人士的無德法醫有什麼話好說。瀆職？濫權？過街老鼠人人喊打？」巫覡明幾乎用嘲諷的語氣回應男人。

正緊張到不停搓揉雙手的男人名字叫黃天佑，黃天佑是名菜鳥法醫，資歷尚淺的他常常接手前輩們不想處理的遺體，好比放置過久出現氣味、又或者碎爛到一個月不敢吃滷肉飯與肉醬義大利麵的那種。

黃天佑哭喪著臉：「我是那種不懂得公私分明的人嗎？我當然知道刑事案件照片絕對不能外流，若不是遇到怪事，誰會來你這種鬼地方！你知道我在仰德大道塞了多久嗎？」

巫山館坐落陽明山，獨棟獨院，附近居民各個家世顯赫，巫山館院子景緻秀麗，鳥語花香，堪稱人間仙境，就算跟現在的豪宅王中王「陶朱隱園」相比，也是勢均力敵，萬萬不會淪落到黃天佑口中的「鬼地方」。

巫覡明難得不想反駁黃天佑，對方講得不無道理！現值繡球花祭，遊客一窩蜂搶著上山拍照，巫覡明幸災樂禍欣賞了好幾天山頂一路到士林捷運站的車龍，還竊笑網路無遠弗屆，舉凡食衣住行交友聊天皆可透過網路達成，自己完全沒有「出山」的需要，最好讓那些死老百姓塞好塞滿。黃天佑能不畏艱難執意上山，想必真的是遇到不可解的怪事，不然誰願意花一兩個小時塞在車陣中？

巫覡明聚精會神來回掃視照片，照片並無異狀，除了遺體遭人開腸剖腹外加潑酸洩恨外，這張照片真的正常的不得了。

「這應該找刑事科，不是找我。」

再三查看後，巫覡明放棄研究其中的怪異之處，將照片推回給黃天佑。

「這遺體就是刑事科送來的，但這不是我來找你的原因！阿覡，這屍體真的有問題！」

「廢話！好好一個人被人從肚子一刀開到咽喉，皮膚還被淋了酸液，沒問題也有問題。」

巫覡明目光冷峻望著自己的多年老友，他試圖以冰冷的眼神提醒對方正在浪費他每天嚴以律己照計畫日出而作日落而息標準化的模範生活計畫，巫覡明的時間寶貴，除了發呆還要打電玩，忙得很。然而黃天佑非但沒被巫覡明的目光震懾，反而更加執著，見著對方手足無措卻不肯放棄的樣子，巫覡明開始認真思考或許黃天佑真的遇上奇怪的事情，可是巫覡明自認自己是個通靈專家，又不是通屍體專家，黃天佑是塞車塞蠢了才來找他嗎？

「……消失了。」

「什麼消失了？你的腦袋？不，他沒有消失，你的腦袋早就跟胎盤一起摘了。」

「遺體……消失了。阿覡，遺體消失了！」黃天佑雙手扒上臉，指尖深深陷入臉中。

巫覡明聞言一愣，隨即回神：「就算遺體真的消失了，你也不該找我呀！我一來不是魯邦，屍體不是我偷的。二來不是柯南，沒法幫你破案！你該找警察而不是我。」

黃天佑的話令巫覡明越來越困惑。

黃天佑深深吸了口氣，試圖緩解接近崩潰的情緒。雖然只是菜鳥法醫，但黃天佑心性穩定，從來是打不還手罵不還口，講話還慢拍子，實在不是一個情緒容易起伏激烈的人，如今黃天佑的樣子確實令巫覡明大開眼界。

「你到底是哪裡吃錯藥了？不管是橫死的屍體或者消失的屍體，你該找的都是警察而不是我。難不成你把我當成齊天列大百科嗎？」

巫覡明惡狠狠瞪了老友一眼，黃天佑並無回以往常的針鋒相對，反而用一種空洞的眼神望著巫覡明。巫覡明感到不安，難不成對方病入膏肓，神智不清了嗎？

沒差！他可是巫覡明，舉凡病入膏肓還是中邪他都可以一併處理——扔下陽明山。

「……這是我今天的第二台，我正要相驗這具遺體時，突然來了通電話，我趕忙出去接，回來的時候台上的遺體竟然不翼而飛，只留下照片上他穿戴的衣物。」

黃天佑指著第二張照片，那套蘋果綠的U領毛衣與卡其色的長褲完好躺在台上，重點是衣服乾淨整齊，絲毫沒有第一張照片的血漬，若不是發揮好眼力從款式與顏色聯想，實在很難認出兩張照片的衣服竟然是同一套。

「我當然急了！想說是誰移動了遺體嗎？但移動遺體怎麼還心血來潮留下一套衣服給我？我趕忙問了同仁，豈料大夥一臉糊塗，說下午沒送來任何遺體，他們都說是我睡糊塗了。可是……這照片還在呀？我拿著照片詢問大家，大家只叫我別胡鬧。」

黃天佑的指尖深深凹陷臉頰，他的臉色青紫，活像見鬼。幹這行若說從沒撞過鬼是騙人的，但就算撞過三兩回，也不可能習以為常，遑論黃天佑還是個靈感近似無的「麻瓜」。

「那通找你的電話是哪打來的？」

「中●信貸……」

「我整理一下狀況，總之就是你們部門接到一具狀況悽慘的遺體，相驗的工作自然交給你這菜鳥處理，正當你要開始工作，一通信貸電話讓你暫時離開，你回來時卻發現台上的遺體不見了，只留下這套衣服，緊張萬分的你拿著剛拍的照片四處詢問，每個人都不屑回答只叫你趕快洗洗睡別找別人麻煩。」

「……他們不是你，才不會毒舌叫我洗洗睡別找麻煩。」

巫覡明以食指與拇指輕輕捻起照片反覆觀看，最後他出聲喚來服侍巫家多年的傭人。

「青姨！青姨妳來一下好嗎？」

中年婦人連忙放下抹布，小跑步來到客廳，她恭敬地鞠躬。

「明少爺，找我有什麼事？」

「妳幫我看看這張照片有什麼怪異之處？」巫覡明將那張攝有血腥遺體的照片交給青姨。

黃天佑急忙大喊：「嘿！你別嚇阿姨！你不怕可是其他人會怕呀！」

青姨接過照片，瞪大眼睛來回看了看，她正面瞧了會，又翻到背面看上兩回，神色狐疑地流連在照片與巫覡明、黃天佑兩人身上。

「可看出什麼端倪？」

「少爺……這是張『照片』？您為什麼要拿張空白相紙給我？上頭一片白，我什麼也沒看見。」

黃天佑感到一股惡寒，同事如此告訴他，他還能當作平日做人失敗，遭人惡整。然而青姨生性敦厚老實，從不打誑語或者戲弄他人，連青姨都這麼說……難道自己真的瘋了嗎？這個想法頓時被黃天佑自己否定，除了自己，巫覡明亦看得見相片上的屍體，若他真的發瘋，好歹還有一個難兄難弟陪伴！

「我知道青姨妳人老眼睛不中用了，該不會視力弱化到半瞎了吧？這是幾呢？」

巫覡明調侃服侍多年的老婦人，幸災樂禍地揮揮手指比出三作勢要為傭人測量視力。

青姨沒好氣離開，她知道自己侍奉多年的少爺天生刀子口豆腐心，以整人為樂，不跟對方一般見識才能長命百歲。

二

「阿覡！你也看得到對吧？不是只有我才看得到！我真的沒有瘋，我真的沒有瘋對吧！」

黃天佑激動問道，巫覡明沒好氣地翻了白眼。

「我沒瞎，不過你大概聾了！你一進來我不就告訴你我看得到？我等會叫青姨做點銀杏料理，你若不是聾了就是記憶力退化，是該好好補一補。」

「你別再跟我開玩笑！我已經急瘋了！老天！鬼門還沒開，我就活見鬼了！」

巫覡明眉頭一皺：「你的狀況其實我已經有了點想法，可是我還需要再做點確認，等我的假設成真，我就能確定你身上發生什麼事情。」

巫覡明首次從舒服的羊皮沙發起身，雖然他有一張非常陰柔俊美的臉蛋，但他的身材卻非常修長，連號稱一八〇俱樂部的黃天佑都望塵莫及巫覡明的身材比例，不會讓人覺得體弱或者娘氣，卻是十足十人見人愛花見花開的美男子。

擁有一個英俊父親與一名貌美如花的母親，在基因正常運作下，他們的子嗣在外表上鐵定非常優秀，巫覡明的基因沒有意外好好表現了父母的優點，美中不足的就是因為巫覡明的臉蛋完美複製了母親，繼承了一張對於男性過於柔美的臉孔。以至於在巫家夫人難產過世後，面對巫覡明與愛妻相仿的臉孔，巫山館原主人只能盡可能遠離幼子，以免他過度的悲傷找錯了洩恨的對象。

巫覡明的父親在心理與生理上都無法面對巫覡明那張與亡妻如出一轍的臉

巫覡明箭步走到一旁茶几取了台輕薄筆電，他熟練連上wifi，打開Line，連線的嘟嘟聲不絕於耳。

連線成功，螢幕出現一名年紀說不出多大的長者，對方的頭髮剃得很短，幾乎可以說是光頭。明明稍有歲數，卻如時下年輕人在頭上做了剃髮刺青。男人五官深邃，鷹勾鼻是外貌上最大特徵，貌似有藏人血統，他的長相讓人印象深刻。

然而最讓黃天佑吃驚的並非男人的臉孔，而是巫覡明反常的態度。

「老師。」巫覡明必恭必敬地朝螢幕鞠躬，如果地上有座墊，說不定還會行三跪九叩之禮。

一向不可一世，彷彿全世界沒有人能被他看上眼的巫覡明，居然也有尊敬的對象？這是世界末日的前兆嗎？黃天佑啞口無言，只能盡可能將末日奇景記在腦海。

「今日找我應該不是為了跟我道早吧？你不是這種個性。」

黃天佑猛地點頭，如果巫覡明只是為了道早而如此恭敬，明日的太陽應該會打西邊出來，接著陽明山會噴發岩漿、台灣全島沉入台灣海峽。

巫覡明惡狠狠回頭瞥了黃天佑一眼，轉頭回螢幕又瞬間換上那張與他不相襯的恭敬表情。

「老師，我想請問您，您看得到這張照片嗎？」

巫覡明將那張血腥相片舉齊至螢幕，螢幕上的長者眉頭一皺。

「你大概是有些想法了吧？『我當然看得到』，也知道為什麼其他人看不到。」長者輕鬆答覆。

「耶！你也看得到！」黃天佑驚呼，頓時換得巫覡明一道能凍結生命的恐怖眼神。

「是『您』！老師不是你這種凡夫俗子可以不用敬語的尊貴人物。」

「我都不在意了，你在意什麼？」長者笑道，「總之，你自己看著辦。要我出手的時候也別客氣，我有時候也想跟後輩玩兩招。」

Line的視訊結束，長者話說完便果斷離線。

「阿覡，那個人是誰？那顆頭實在有夠時髦！」

巫覡明大步走向黃天佑，接著大力踩上對方的腳，讓黃天佑痛得哭爹喊娘。

「誰准你這種螻蟻之輩跟老師稱兄道弟？再這樣對我的老師不敬，我唯一會幫你的只有幫你超渡！」

「疼疼疼！我道歉！我道歉！麻煩把尊腳抬開！」

黃天佑吃疼地摸了腳許久，巫覡明仍一語不發凝視著照片，黃天佑按奈不住無聊，出聲打斷對方冥想。

「阿覡，那張照片到底是怎麼了？為什麼只有令尊師跟我們看得到？」

「敢動我的人，這傢伙膽量不小。」

巫覡明沒理會黃天佑的發問，自顧自喃喃。待黃天佑弄清楚巫覡明口中「我的人」是誰後，他臉色脹紅驚慌失措頻頻解釋。

「等等！我才不是你的人！我愛的是女生，我不知道你愛的是男是女，但我知道我們彼此是沒有未來的！」鋼鐵直男的黃天佑手足舞蹈反駁。

「誰要跟你有未來？你想要我還看不上！但我不喜歡做白工……這樣好了，你把你妹妹嫁給我，我們成為一家人，我也順理成章幫你，如何？」

「問題的癥結是我沒有妹妹！」

「不然你未來的女兒要許配給我。」

「靠！我女兒都還沒出世你就肖想童養媳？不對！我還沒交女朋友呀！」

巫覡明沒好氣地做出結論：「囉哩囉嗦哪種都不同意，不然如果你未來有幸交了女友，你得讓她介紹優質的女性朋友給我。條件談成我才幫你解決這『遺體消失』的奇案。」

「這算是一種借貸關係嗎……」

黃天佑不明白憑藉巫覡明的家世與外貌，哪方名模名媛不乖乖手到擒來？可是思及對方不可一世的惡劣個性，又喜歡宅在巫山館，從母胎單身至今倒也合情合理。

黃天佑赫然有種同病相憐的欣慰感，即使兩人根本不站在同一條水平線上，此刻他仍將巫覡明視作同道中人。

單身狗同盟萬歲。

「這張照片要有一定靈能力的人才看得到，只要不是江湖術士，略有修行的人應該都可以看得到照片上的特殊影像。」巫覡明道

「可是我……我一向沒什麼『靈感』呀！這點不是你親口證實過的嗎？」

黃天佑最自豪的一點就是他的八字足足九兩重，什麼鬼壓床還是鬼打牆他從小到大一律倖免。

「廢話，一般人如果修練十年才能稍微開個天眼，你大概修練十年的十次方都還摸不到邊！你會看到那具橫死的屍體不是因為你有靈感，而是因為對方是衝著你來。」

「衝著……我？」

「對，看你要怎麼解釋，你要用被下蠱被詛咒被人憎恨都可以，總之就是有人對你不爽想害死你。」

黃天佑雙腿一軟，他是個濫好人，從小到大從未有過跟人結怨的紀錄！黃天佑的生活

步調非常單純，每天辛勤相驗屍體疲憊回家，晚餐隨自助餐阿姨裝盒，就算四格都是辣炒蘿蔔他也沒半句怨言，就連使用PTT也不曾按過噓！不管是從什麼角度來看，都能認可他善良如一張白紙不可能遭人記恨。

這實在太不公平了！若是他曾經噓過文、陷害過五樓、排隊插隊、吃東西不付帳、搞大女人肚子，被人詛咒也是罪有應得！偏偏他什麼壞事都沒做過！他唯一傷害過旁人的不過就是在要相驗的遺體胸口劃出T型開口。

但那是職業必須呀！我是無辜的！黃天佑於心裡大喊。

「皮包給我。」巫覡明哪壺不開提哪壺道。

「啊？」

「皮包給我，你這頭蠢豬，再讓我說第三次，我就毒啞你。」

黃天佑急忙拿出皮夾，心中納悶巫覡明葫蘆裡賣的是什麼藥。

巫覡明從皮夾夾層抽出一疊發票，黃天佑個性雖然大而化之，對整理東西卻挺有一套，發票對折整齊一絲不苟放在夾層，巫覡明細細觀看上頭的消費紀錄。

「星巴克？一次兩杯？你這種人也有朋友？」

「請解釋什麼叫『我這種人』！那天星巴克買一送一，我不能一人喝兩杯嗎？」

察覺自己不慎替沒有朋友這件事情做出證明，黃天佑受到強烈打擊。

「熱狗、迴紋針、便條紙……有了！你看一下這張。」

那是一張在NET消費的發票，黃天佑想不起自己近期何時到過NET，那張發票亮白又新，看來也不像是隨處撿來的。

上頭消費品項清楚寫著——U領上衣、長褲。

「這……怎麼了嗎？」

巫覡明一把將方才第二張照片扔到黃天佑臉上，老大不爽以鼻子指著照片，黃天佑委屈地撿起落在地上的照片。巫覡明丟來的是黃天佑在屍體消失後拍下台上只殘存衣服的照片。蘋果綠的U領上衣與卡其色長褲安穩攤在台上。

「別跟我說你蠢到不能將發票跟照片連結。屍體身上那套衣服是你買的。」

黃天佑訝異地合不攏嘴，他不記得自己什麼時候到過NET買了一身毫無印象的衣服，這套衣服又是如何穿到那具橫死的屍體上，他毫無頭緒。

巫覡明從抽屜撈出放大鏡，仔細檢視相片上皮表斑駁的屍體，看了大半晌，他得出結論大力扯了黃天佑的耳朵一把將他拉到眼前並粗魯撥開對方的瀏海。

「你知道你右邊的眉尾斷掉嗎？」

「廢話！眉毛長在我臉上我怎麼不知道？我小時候跟人玩，被狗咬傷，縫了好幾針，後面的眉毛再也長不出來。」

「你仔細看這個。」

巫覡明將黃天佑推到相片前，指示對方用放大鏡仔細檢查屍體。遭不明液體毀損的屍體面目全非，辨識不明的五官透過放大鏡更是慘不忍睹。

黃天佑瞧見屍體右邊的眉毛，眉尾消失，就跟他一樣。

三

「阿覡你說……那是我？可、可是我還活著……那具屍體怎麼可能會是我？」

巫覡明撕開品客的膠膜，慢條斯理將洋芋片倒成完美的拱橋。

「那不是現在的你，那是未來的你。這是一種低等的咒術，算蠱術的一種。施咒辦法跟泡泡麵一樣簡單，大致上就是拔你幾根頭髮或者剪你幾片指甲，接著塞入浸血的麻布娃娃，念誦特殊咒語三天三夜，替身蠱就完成了。」

「替身……替身蠱？那是什麼玩意？」

「跟外行人講話就是累。你看，這是一張濕紙巾。」

巫覡明抽出濕紙巾，輕巧地折成晴天娃娃的模樣，接著在毫無告知的情況下，惡狠狠拔了數根黃天佑的頭髮塞在裡頭。

「要死！會痛耶！」

「有嗎？我怎麼沒有感覺痛？」巫覡明皮笑肉不笑的回覆令黃天佑氣得牙癢癢，要不是有求於人，他真想一走了之。

在將頭髮塞進紙巾的同時，巫覡明的左手飛快比了一串黃天佑看不懂的手勢。

「你是火影忍者嗎？」

「我如果因為你愚蠢的問題弄錯步驟，就有勞你多貢獻一些頭髮。我想法醫禿頭的比例不算低，你安心禿吧。」

「慢著慢著！我相信以你巫覡明光明磊落聰明一世的性格一定不會弄錯步驟！」

黃天佑惶恐的摀住頭。巫覡明的話固然不錯，不論哪科醫生總是勞苦功高，地中海比例確實不低，俗話說十個禿子九個富，偏偏他是那第十個。

「我這是簡單版本，你遇上的那個比較複雜。我倒不是不會，就是嫌麻煩，況且像你這種貨色，我拿你做蠱只是浪費材料。」

巫覡明邊說，一邊到廚房倒了半杯水；他小心翼翼在指尖割了一道輕淺的口子，稍微擠了幾滴血到水杯。鮮血消散於水中，接著他二話不說把晴天娃娃整只浸進去。

「真是便宜你，平常要我流血可是要花大把銀子。」巫覡明將娃娃從水杯中撈起。

「這有什麼用？」黃天佑看著巫覡明手上那只濕透不停滴水的晴天娃娃問道。

「跟笨蛋解釋非常麻煩，只好有勞我親自示範。」

巫覡明隨手將晴天娃娃的頭左右絞著，娃娃身體內的血水因為他大力擰著直接洩了一地。

說時遲那時快，一陣痛徹心扉的疼痛襲上黃天佑腦門，他頭痛欲裂只能在地上翻滾。他不曾感受過如此劇烈的疼痛，那股痛劇烈到讓他懷疑能與孕婦的生產痛匹敵！如果手邊有隻榔頭，黃天佑可能會選擇將頭顱擊碎消弭這股痛楚。

「隨便紮的東西都那麼有效，我果真是天才。」巫覡明皮笑肉不笑地看著痛到難以忍受的黃天佑。當巫覡明一鬆手不再折磨晴天娃娃，黃天佑的痛感隨之消散，巫覡明難得愛乾淨的自己捲起袖子抽了好幾張衛生紙將地上的血水擦拭乾淨。

「你老子的……得了！得了！我懂蠱這玩意了好嗎！」黃天佑氣喘吁吁從地上爬起，他的臉色慘白，方才幾根頭髮之痛之於現在，根本無足輕重。

「你別天真了，蠱這玩意連我都不敢說懂，只有你這種普通人才敢大言不慚說了解蠱。蠱的境界千奇百怪，情蠱、替身蠱、毒蟲蠱……蠱的玩法族繁不及備載。我猜你的智商跟動物沒兩樣，所以用操縱毒蟲差不多的方式處理你，沒想到效果那麼好。蠱這東西很好玩吶！每派蠱師各有不同絕活，蠱不是三言兩語可以道盡的。為了你的小命我大發慈悲教你兩個重點：一是絕對不要觸碰任何有關蠱的東西，二是千萬別跟蠱師打交道，眼神接觸、肢體碰觸、飲水吃食……一概別碰，他們能動手腳的地方太多了。」

聽聞巫覡明大發慈悲的講解，黃天佑只能使勁點頭，深怕對方再拿自己示範兩招。

「真正厲害的蠱師不會讓人察覺手腳，找上你的這個不過三流貨色，若是我來做，包準你三小時死於非命而且還查不出來。」巫覡明得意道。

「為什麼我非得死於非命……既然你說找上我的是三流貨色，應該很好解決吧？」

「這要看你想怎麼解決。你想要自助還是靠天助？」巫覡明拆開濕透的晴天娃娃，看著威脅自己小命的娃娃回歸一張平凡濕紙巾，黃天佑鬆口氣。

「什麼是天助？不用管他就會自動消失嗎？還是要推薦我去哪間宮廟找乩身處理？」

「天助指得當然是靠我幫忙！我就是你的天！有我在你需要去什麼宮廟？」

「……不勞煩你。我還是靠自助好了……我該怎麼自行處理？」黃天佑直覺靠巫覡明幫忙確實能救他小命，但過程絕對充滿難以忍受的辛酸血淚。

黃天佑想起上回心血來潮跟前輩前往現場，前輩卻不小心因為犯太歲被沖煞到，整個人瘋言亂語口吐白沫，他只好趕緊打電話拜託巫覡明幫忙處理，而巫覡明的處理方法居然是將沖煞前輩的鬼怪實體化痛揍一頓！前輩二話不說隔天立刻辭職。思及此，黃天佑決定還是靠自助解決最經濟實惠。

「自助也可以呀，你去求一下你那黃花崗七十二烈士呀！」

「什麼黃花崗七十二烈士！他明明叫做黃華剛！」黃天佑覺得自己的頭又開始疼了。

黃華剛是黃天佑從事刑警的堂哥，黃天佑跟堂哥從小一塊長大，感情自然好得很，在那個只有任天堂紅白機的年代，他們是魂斗羅的戰友。

說實在黃天佑並不是很想找自家堂哥幫忙，原因無他，若是單純碰個面聊聊天，黃天佑高興都來不及了，然而一扯上巫覡明或者神鬼之流，他就百般不願意與黃華剛見面。黃華剛是標準的科學實證主義者，他崇尚科學辦案，跟滿口怪力亂神的巫覡明天生犯沖，兩人見面有九成九機會釀成世界大戰。

況且不論黃華剛或者巫覡明，兩人都是標準牛脾氣，不可能有任何一方因應社交禮儀在口舌上有所收斂。黃天佑知道堂哥性子倔，當年堂哥向長輩說要從事警政工作時，大夥只給了「喔，可以公然打架的工作蠻適合你呀！」的感想。

據叔叔所言，雖然他並不想唯一的兒子從事有生命危險的工作，可是以黃華剛這樣剛正不阿的死性子，若不是做刑警，就只能去道上跟人稱兄道弟。橫豎想做警察死了還有機會進忠烈祠，只好對兒子的警察之路舉雙手贊成。

天知道他們黃家人對警察的概念還停留在哪個年代？古惑仔的年代嗎？

儘管黃天佑確實害怕堂哥與巫覡明的世界大戰，但吵架嘛總死不了人！比起水火不容的兩人，被下蠱的自己才是真有生命安危的那位！既然巫覡明信誓旦旦堂哥可以幫忙，那就這麼辦吧。黃天佑哀戚地默想著。

四

繡球花祭的車流量不容小覷，明明只需要開半小時的車程硬是讓黃天佑開上近兩小時。一路上巫覡明氣憤難耐，直嘀咕當地居民的他為何要跟這些死觀光客一起塞？

「沒辦法嘛！誰叫陽明山是觀光勝地？不然你把整座國家公園買下來就此封山，隨便你巫覡明想開時速多少都不成問題。」黃天佑挖苦道。

「你腦袋有洞嗎？國家公園是你說買就能買的？不過封路這點倒是可以試一下，至少我下山會順很多。」

「你能怎麼封路？」黃天佑驚奇道。

在黃天佑想像中，只有部長級官員有調動警力施行交通管制的權限，巫家雖然與政商名流關係不錯，應該也還沒有能任意封山的權利。

「求人不如靠自己！怎麼封？當然是自己出手封！我不會去調動一些淘氣可愛的妖魔鬼怪要他們纏上所有入山的觀光客？時間一久，消息傳出去，那條路自然沒人敢走，沒人敢走的路自然變成我的專屬道路，甚好甚好！」巫覡明笑得開心，顯然覺得這是一條非常完美的計策，黃天明從從巫覡明的笑容中體驗到他的認真程度。。

「為了台灣人民的廣大福祉，懇求您行行好別折磨大家。仰德大道的鬼故事還不夠多嗎？我從小聽到大沒有百則也有數十則。天呀！陽明山到底有多陰！」

「裡頭一半的我閒來無事處理掉了。」巫覡明漫不經心玩著袖扣，「不來點新鮮刺激的，我覺得有點無聊。」

「拜託你務必告訴我沒處理的另一半在哪。」

待黃天佑與巫覡明好不容易從山上回到山下，嬌生慣養的巫覡明早捱不住飢餓，為了不被巫覡明的碎言碎語煩死，黃天佑只好先繞到士林夜市填肚子，當他們祭完五臟廟抵達黃華剛家時已經超過九點，早已不是常人拜訪朋友的正常時間。

「堂哥該不會已經睡覺了吧？我們真的太晚來了。」黃天佑的聲音相當懊惱。

「單身警官才不會這麼早睡，一個人的夜有多難熬？」巫覡明言詞尖銳。

「講得你好像除了左右手外，還有別人陪睡似……」黃天佑小聲反擊，好在巫覡明沒聽見。

門鈴響了好一陣子，黃華剛終於來開門，他身上的警察制服還沒脫，看起來回到家沒多久。

「啊？黃天佑你怎麼會過來？巫、巫覡明？」

「別把我的名字念得像撞鬼好嗎！」

在訝異與驚嚇中，黃華剛勉強讓兩人進入屋內。

套房內瀰漫鹽酥雞的油炸香氣，桌上放著未開動的宵夜與剛開的台啤。

「堂哥你今天比較晚下班嗎？」

「你沒看新聞嗎？」黃華剛的反問讓黃天佑摸不著頭緒。

「什麼新聞？」

「那個令市大隊很頭疼的案子……林森北歡場女子分屍命案今天宣告偵結。」

堂哥的關鍵詞勾起黃天佑的記憶，他想起那件困擾黃華剛許久的古怪命案；夜歸的特種行業女子最後出現在武昌街，但屍體卻是於萬華車站附近被尋獲。除了衣不蔽體外，還有明顯性侵痕跡。檢體在資料庫交叉比對依然沒有進展，一時之間警方無法找出嫌疑犯。

由於遺體是黃天佑的部門負責，又恰好是屬於黃華剛分隊的案件，「親上加親」，黃天佑的印象才會如此鮮明。

黃華剛打開啤酒，猛地灌上一大口。此時黃天佑才發現他這位一絲不苟的堂哥，下巴的鬍子不知道多久沒剃，向來炯炯有神的眼睛也佈滿血絲，看來這案件確實難處理。

「堂哥，辛苦你了！這幾個月應該沒睡好吧？好在破案了！」

平常黃華剛還會對黃天佑真心的社交辭令表達一些感謝，沒想到今日卻是充耳不聞。

黃華剛抬起他那雙紅腫的雙眼，以無奈眼神狠狠瞪著巫覡明。

「巫覡明，你說對了，這世界上真的有鬼。」

只見巫覡明用一種皮笑肉不笑的方式看著黃華剛，黃天佑頭皮發麻。當巫覡明用這種表情看人時，腦袋想的絕對不是好事。

胳臂往內不往外彎，黃天佑全心全意站在黃家男人這邊，他乾笑打圓場。

「堂、堂哥，鹽酥雞再不吃要冷掉了。」

黃華剛的注意力終於從巫覡明身上轉回鹽酥雞，他仔細挑出九層塔一邊對黃天佑、巫覡明漫不經心講述他這幾天日夜顛倒的苦日子。

遇害的歡場女子名叫王杏芳，年方二十，在林森北一間制服店坐檯三年有餘。杏芳豪爽敢玩、姿色不俗，在尋芳客間有不錯口碑，錯綜複雜的人際關係讓警方在辦案時陷入膠著。

杏芳衣不蔽體、又慘遭分解的遺體被棄置在萬華車站一隅，被早起等著領平安粥的街友發現後立刻報警。

混亂的人際關係、被破壞的跡證、不明的第一現場，每一點都讓案情更加複雜。然而最令警方毛骨悚然的莫過林森北歡場女子分屍命案竟然出現案外案。

說是案外案不盡正確，之後發生的案件與原本案件要說無關也無關，要說有關還真是密切相關——發現杏芳遺體的五位街友在七天內皆意外身亡。

第一位死者是汪姓街友，明明近來氣溫舒適暖和，卻莫名凍死在龍山寺圍牆邊。

第二位死者祝姓街友誤食華西街居民為了毒死老鼠的毒便當，急救不治。

第三位死者陳姓街友喝醉酒摔斷脖子直至隔天才被發現，發現時已奄奄一息，搶救無效。

第四位與第五位死者是馮姓、蔡姓街友，兩人深夜無故穿越分隔島，遭酒駕車輛衝撞身亡。

一連串屍體發現者同時死去讓承辦員警恐懼，好在媒體只知道發現王杏芳遺體的目擊者身分是萬華街友，不然這樣怪力亂神的巧合必定鬧得沸沸揚揚。

五位街友的死法雖說突然但也勉強算合理，本以為只是一連串過於偶然的意外，沒想到連局內也出現怪事。

舉凡接觸到王杏芳案子的承辦人員皆出現頭痛與輕微上吐下洩症狀。局長重視此事，找了衛生局人員為警局澈底消毒一番，警局好幾天根本被浸潤在75％酒精與濃縮漂白水中，清潔到連蚊子都不敢飛進來，警局同仁的上吐下瀉症狀依舊沒有好轉，反倒因為消毒水過敏導致請假人數只增不減。

老資格的蔡姓法醫跟局長表示局裡該處理的不是衛生問題而是死者的怨氣，找清潔人員不如找個貨真價實的法師來得有效。

透過黃天佑引薦，巫覡明就是這位萬中選一的法師。說也真巧，在巫覡明將所有人趕出警局獨自處理一番後，大夥的症狀竟然不藥而癒。

「堂哥，阿覡不是都處理好了嗎？怎麼你還是一副活見鬼的模樣？」

儘管處理王杏芳遺體的確實是黃華剛的部門，但他卻是唯一沒受影響的人，是個被靈認證毫無反應之人。

「我是真的活見鬼了！」黃華剛突然大吼，「我每天晚上都夢到王杏芳！」

見著黃天佑錯愕地合不攏嘴，黃華剛察覺自己的失態，他一手摀住脹紅的臉，另一手拿起七里香發洩式咬上一大口。

「堂、堂哥，天涯何處無芳草，何必獨戀一枝花？」黃天佑安慰道。

他的好意引起巫覡明一連串的荒唐爆笑聲。

「啊哈哈！連天涯何處無芳草都用上！你的國文老師是誰？他一定巴不得這輩子沒教過你！如果黃花崗真把人家當那枝花，他才不會這樣愁眉苦臉！他是巴不得擺脫她好嗎？」

就算黃華剛與巫覡明向來不對盤，這回他也不由得由衷贊同巫覡明對黃天佑的批註。

黃華剛白了自家堂弟一眼，放下七里香，繼續將他這個月悲慘的生活告訴他們。

儘管五位遊民接連死於橫禍、局內同仁各個身體不適，黃華剛依舊堅信他一貫的無神鬼論。黃華剛確實有不信鬼神的本錢，一群人結伴去民雄鬼屋，只有他毫無感覺、全身而退，與堂弟黃天佑同樣屬於八字重的天之驕子。

然而黃華剛不是沒有惻隱之心的人。他雖然不相信鬼神，卻主動而熱心對那群身體不適的同仁致上最大關心。黃華剛打定同事們的怪異狀況全出於素日沒有好好鍛練身體，為此他趁值班空檔親自煲粥，對每位同事噓寒問暖，強迫大家練習早已忘記的健康操……。

縱使黃華剛全心全意照顧警局同仁，大夥的狀況依舊每況愈下。警局長廖光泉最終採納老蔡的建議往「那方面」處理，同仁的不適在巫覡明來訪後消失，一切恢復正常。

同事的狀況好轉了，卻換黃華剛這邊出狀況了。

向來一覺到天明的黃華剛開始失眠，若是普通的失眠他不以為然，偏偏遇上的不是普通的失眠！黃華剛每每於夜半夢境遇見王杏芳。夢見王杏芳也罷，好死不死的是夢中的王杏芳總是半裸著身子、一語不發、紅著雙眼直瞪著他。就算是一個橫死還遭分屍的女子，半裸的女體對單身男性仍有強大殺傷力，惱得黃華剛不知道該往哪看。

電視劇中，託夢伸冤的亡者不是會一股腦兒將自己的不甘朝救命稻草傾吐嗎？可是這王杏芳既不開口也沒有其他動作，就是直瞪著黃華剛。在夢見王杏芳數日後，體力透支的黃華剛終於在夢中大爆發了。

「他媽的有屁快放！老子我想睡覺！妳活著我跟妳沒瓜葛，死了偏偏來糾纏我，妳不會心中有愧嗎！」黃華剛在夢中大吼，矜持、禮貌、男女授受不親他全想罵上，然而即使在夢境，曾被抓去性平教育的陰影仍影響著他，讓他在最後一刻將話收回。

王杏芳終於開口，哇的一聲哭出來：「警官先生，不是我不想說，是您沒開口允許我說話前我不敢說話呀！」

夢中的黃華剛無奈扶額，他這張臉有這麼凶神惡煞嗎？什麼時候他一個一線四星的公務人員地位居然跟天皇老子一樣偉大，沒允許旁人開口，旁人只能緊閉著嘴沒日沒夜等待皇恩浩蕩恩賜發言。

「隨便啦……妳要講什麼快講，講完了就趕快離開，看是要投胎還是什麼我也不懂，總之別再打擾我睡覺。」

「警官，我這條陰陽路，本來該結伴同行，有人欠我一條命。」杏芳幽幽道。

黃華剛反覆咀嚼杏芳隱晦的話，恍然大悟：「妳是說妳本來是要……殉情嗎？」

「是的。他說他會追隨我，沒想到我死了卻怎麼樣也等不到他，還被他親手大卸八塊！我不甘心！我最痛恨食言而肥的人！」

黃華剛暗地叫屈，冤有頭債有主妳找我做什麼？

「……所以是那個本來說要跟妳殉情的人殺了妳？那麼那些發現妳屍體的遊民又為什麼會接連死亡？」黃華剛隨口問道。

「男人沒一個好東西。」杏芳的眼神閃過一絲淒厲，待察覺黃華剛尷尬的神情趕忙改口，「不過警官先生您不一樣，您很好。」

黃華剛從母胎單身至今，一向不善於應付女孩子，他愁苦臉決定轉換話題。

「妳可以直接告訴我兇手是誰嗎？妳這樣糾纏我，我很累，不如我們早早把案件解決，有仇報仇，有冤報冤，咱倆就地解散？」

黃華剛兩手一攤。他會做出這樣的請求不是出於相信眼前的鬼魂真的是王杏芳，正是因為他不相信，才會做出這樣的發言，他想試試看眼前的女鬼是否真的知道兇手是誰。

「我不能說……雖然他這樣害我，我還是愛他……」

「愛妳媽個狗屁！都殺死妳了還在那邊婆婆媽媽是非不分！」

「……警官您不要罵我嘛……」王杏芳哭的梨花帶淚。

黃華剛，三十二歲，單身，被一個於夢中自說自話的半裸女鬼打敗。

「我不能跟您說他是誰……但……他手上有一個記號，您一看就會知道。」

王杏芳幽幽落下這句話後，煙消雲散。

黃華剛不信鬼神，但目前案情膠著，全部人員陷入撞牆期，「手上有記號」這條線索不用白不用。

好死不死的是與王杏芳有關的嫌疑人中，還真有一個人手上有記號！那個人是制服店的股東之一，江湖上人稱三叔的許興國。

許興國的左手虎口有一處燒傷疤痕，恰恰與王杏芳語焉不詳的描述相符。

黃華剛找了些藉口約談許興國。

許興國不愧是老江湖，不論警方如何盤問，他總能以雲淡風輕的口吻將事情撇得一乾二淨。他的不在場證明無懈可擊，油嘴滑舌的口吻更是讓同仁氣得牙癢癢。

待前輩渾身招數都用盡，終於輪到黃華剛上場。黃華剛對許興國油滑的態度非常不恥，他回憶起夢中王杏芳的癡情更覺得好笑！黃華剛因此隨口說了一句——

「騙女人跟你殉情，自己卻在陽世吃香喝辣也真是一絕嘛！」

殊不知本來對訊問毫無反應的許興國此時臉色不變，黃華剛敏銳抓到這瞬間，他知道自己說對了。

黃華剛抓準許興國的痛腳往死裡打，逼問許興國時他還戲劇性將王杏芳悲慘的遺照丟到對方面前，順勢假裝自己有著陰陽眼，憑空編著王杏芳在許興國身後哭訴自己死的多慘、魂從被分屍那刻一直跟著老情人從未散去。老江湖的防線潰堤，他淚崩坦承犯行。

王杏芳是許興國投資的制服店中的當家紅牌，他一試成主顧，獨佔慾讓他不想對王杏芳放手，然而生意頭腦又告訴他這麼做損失的無疑是無法想像的巨款。

王杏芳下海時間早，卻仍保有一顆少女純情的心。她對許興國的殷情難以自拔，最後竟然到了不是離開制服店為許興國相夫教子就是兩人殉情以示相愛的局面。

許興國裡外不是人，他亟欲擺脫王杏芳，但王杏芳的韌性卻超出他預期。最後他假意願意與王杏芳殉情，實際上卻在掐死對方後拍拍屁股一走了之。

為了方便丟棄，許興國將王杏芳分屍塞入行李箱再帶到萬華車站棄屍。拜監視器年久失修以及公務人員疏失，許興國這一路竟沒被任何監視器捕捉行蹤，黃華剛暗地臭罵什麼鬼島監視器數量世界第一，原來全是空殼子。

林森北歡場女子分屍命案就此偵結。

自從逮捕許興國後，黃華剛沒有再夢見王杏芳，所有巧合讓他再也無法鐵齒這世間沒有鬼神。

「這就是我最近的生活。」黃華剛再喝了一大口啤酒，「所以巫覡明你說對了，這世界真的有鬼。」

巫覡明露出得意微笑：「我早說過了，是你不相信。」

「……破案是件好事，該好好慶祝。堂哥，還有啤酒嗎？啊！我開車，你還是給我汽水好了。」黃天佑扼腕道。

黃華剛沉默起身，趁對方離開，黃天佑連忙抓住巫覡明。

「欸！阿覡，你不是說要靠堂哥幫忙才能保住我小命？我是只要跟他聊天就可以了嗎？」

「你不講我都忘了！我還以為我們今天是專程來嘲笑黃花崗呢！」巫覡明露出恍然大悟的驚訝神情。

「……拜託告訴我這是玩笑話。」

「你都答應幫我找女朋友了，我就算不情願也得幫。等一下你想個理由跟黃花崗要一件衣服帶回家，不要新衣，要穿過的，越常穿越好。」

「你喜歡堂哥的衣服嗎？」黃天佑納悶。黃華剛的穿衣風格是簡單輕便，巫覡明的打扮則多半以中山裝、唐裝為主，兩人怎麼看都不在同一個時尚圈。

巫覡明滿臉嫌惡：「我以為當法醫要通過智力篩檢，看來你應該是走後門進去。我要收集他的衣服做什麼？你如果不想要你的小命，你可以繼續瞎猜。」

「對不起！我不亂猜了！」

黃華剛沒多久便拎了幾罐飲料回來，巫覡明腦中的酒種向來只有紅酒與香檳，啤酒他絕對不碰，汽水更是敬謝不敏，只能雙手還胸看著兩個堂兄弟有一言沒一句。破案的喜悅與連日睡眠壓力使黃華剛情緒不穩，啤酒喝多了，與黃天佑沒聊半晌便倒往沙發酣睡。黃華剛仍穿著制服，衣衫不整的警察加上喝乾的啤酒罐，模樣看來諷刺又淒涼。

黃華剛一發出呼嚕聲，巫覡明迅速彈起身，到黃華剛背後摸了兩把，接著旁若無人逛起大街，逕自往黃華剛寢室走去。黃天佑為了安頓昏睡的堂哥無暇研究巫覡明動向，當他好不容易從報紙堆中找出薄外套替對方蓋上後，巫覡明已經從寢室拎著一件襯衫出來。他的表情扭曲，只用食指與拇指拎著衣服，盡可能讓衣服遠離自己的身體，動作如實說明他壓根不想碰觸黃華剛的私人物品。

「單身男人的衛生習慣令人髮指。難怪討不到老婆。」

「不要侮辱單身的男人好嗎！要不是你有青姨幫你打理，我敢打賭你連洗衣機都不知道怎麼用。」

巫覡明擺出一副「有錢你也可以請人幫忙打理生活」的不屑表情。

「好啦！衣服你也拿到了，接下來你要怎麼幫我？」

「回我家，今天住我那，我來好好處理這事。」

「我不能回家住嗎？不然住這也行！」

思及今天被巫覡明的毒舌轟炸，他實在不願意再與對方多相處一秒。

巫覡明露出似笑非笑的詭異神情。

「也行！那我自個回去，你留在這跟黃花崗烈士好好睡一覺。居然敢拒絕我，也不想想連廖局長發生事情也是第一個想起我，有我在是你的福氣，居然有臉嫌棄？」

巫覡明的話聽來驕傲非凡，黃天佑只能摸摸鼻子不予置評。廖局長找巫覡明幫忙一事的細節他曾聽堂哥解釋，他們沒讓巫覡明知道的真相是——當初廖局長會找巫覡明處理不是因為信任他的技術或者真相信鬼神之流，而是因為廖局長認為巫覡明的長相比起其他選擇更賞心悅目，就算處理不了好歹大夥看美人瞎忙心情也好。

巫覡明自個叫車離去。黃天佑是十足動腦派，決定學醫後打死不拿比檢體更重的東西，要把黃華剛拖去寢室睡，他寧願讓對方在沙發繼續呼呼大睡。房子的主人在客廳睡，他自然不敢逾矩跑去客房就寢，只能從寢室找出兩條毯子，把客廳沙發當床鋪使用。

黃天佑受消失的遺體影響心情，多天沒睡好，如今將一切寄託給巫覡明，曠職的睡意總算回來，他累到無法再想巫覡明到底打算拿黃華剛的衣服做什麼便沉沉睡去。

當他醒來，黃天佑悔天悔地後悔當初沒跟巫覡明走，就算聽他整夜毒舌也好過作了整晚惡夢。

那夜，黃天佑不停做夢，夢境中，黃天佑依循歷年作息早十分鐘抵達工作地點，在他走入冰庫，那具消失的遺體竟然好端端躺在解剖台，胸前的T字縫線消失，黃天佑察覺這是遺體剛來的模樣。

從求學時代至今，他看過的遺體沒有上千也有上百，這具遺體悽慘的模樣絕對能排上前三。被酸液腐蝕到幾乎沒有一塊完好皮膚的體表令他苦思該從何處下手。在他安靜思考的同時，屍體突然出現異狀，烏黑如汙泥的半固態液體從背脊溢出，接著張牙舞爪放射湧現，汙泥沒半晌便將遺體包圍。

黃天佑直覺汙泥可能具有毒素，下意識後退，卻發現不只是遺體，連四面牆壁都出現源源不絕的黑色液體，他退無可退，緊張思考摀住口鼻能閉氣多久、汙泥有沒有致命毒性？黃天佑還沒理出頭緒，被包圍成泥人的遺體突然坐起，他嚇得踉蹌跌坐在地，一屁股汙泥讓他有種失禁的錯覺。

遺體身上的汙泥乾涸龜裂，剝落後裸露的肉身竟然不似方才血肉模糊，遺體的皮膚變得完好無缺，而他的臉竟然與黃天佑如出一轍。

黃天佑嚇得驚醒，與遺體突然坐起的動作一模一樣。

五

黃天佑幾乎可以說是倉皇逃上陽明山。

巫覡明曾說那具遺體是未來的黃天佑，但黃天佑沒弄清楚這究竟是種「恐嚇」還是「預知」？如果只是單純想嚇嚇他，他就眼睛一閉認栽，了不起做個七天七夜惡夢、體重掉個十公斤，就當是減肥健身！然而若是預知，黃家香火一脈單傳，他不想父母親不僅白髮人送黑髮人，還落得無人打理後半生的窘境。

趕晨間欣賞繡球花的車流亦不少，仰德大道回堵好一陣子後黃天佑總算抵達巫山館，當青姨替他開門時，黃天佑看見巫覡明正翹著二郎腿悠閒喝著早茶，指尖輕輕敲著瓷杯，食指綁著ＯＫ繃，那臉「我就知道」的詭異神情令黃天佑冒出一頓無名火。

「你知道我會做惡夢？」

「我不知道你會怎樣，原來只是做惡夢而已呀？你有嚇到尿床嗎？」巫覡明仍沒放下茶杯，「我只知道這幾天你不乖乖待在我身邊，有得你好受。」

「那你怎麼不早講！」

巫覡明雙手一攤，似笑非笑：「你昨天留在黃花崗那的心如此堅決，我是有成人之美的人，哪敢多說兩句。」

黃天佑幾乎氣到說不出話，但他天性帶著股懦弱，氣急攻心下還不忘思考利弊得失，與巫覡明硬碰硬吃虧的只有自己，思及此他的心頭火瞬間熄滅，所有不滿與委屈通通吞進肚。

「所以你能怎麼幫我？再這樣下去，我還沒變成那具屍體前，我就先被自己嚇死了。」

「我說過有我在，不會讓你變成那具屍體，畢竟你現在的模樣就沒多好看了，變成那個樣子更不好看。」

巫覡明放下茶具，站起身，勾勾手要黃天佑跟上自己。黃天佑學乖了，二話不說、大氣不吭，直接跟上巫覡明，不管對方待會打算要他上刀山還是下油鍋，黃天佑知道自己都沒有說不的權利。

巫覡明領著黃天佑抵達二樓東側的小房間，小房間用途不明，只放了張行軍床，以巫家財力，就算是客房也斷不會使用如此廉價的寢具，黃天佑下意識認定這是巫覡明留來燙衣服的專用房間。

行軍床四邊放上紅色蠟燭，床中間則擺著一件平整的襯衫，黃天佑認出那是昨日巫覡明從黃華剛家帶走的衣物。

「阿覡，燙衣服用熨斗就好，你在旁邊放蠟燭做什麼？現在熨斗不都用電嗎？」

黃天佑遭巫覡明嫌棄的目光上下掃視。

「人蠢閉上嘴不說話還有可能騙騙人，你這麼明目張膽詔告天下自己蠢，也算奇葩。」

巫覡明走到行軍床旁，一屁股大方坐下，他掀開襯衫，襯衫貼背的布料上被人用紅色墨水描繪一大片未知圖騰，黃天佑瞇著眼細細檢視紅色圖騰，他確實看不出圖騰畫什麼或者寫什麼，但他莫名聯想到小時候母親將衣服拿去「祭改」法師加蓋的圖章。

「你晚上睡覺的時候，穿這件、在這睡。」

「這床看起來就硬，我隔天起來一定落枕……」

「想死還是想落枕？」巫覡明冷冷回問。

「我、我躺！可是阿覡，你要我穿堂哥的衣服睡覺有什麼用處？」

「如果只是黃花崗一件普通衣服當然平凡又沒用處，但加上我寫了點東西，單身員警充滿汗臭味的衣服也會變成龍袍。」

黃天佑還想細問，無奈巫覡明沒打算理會，走下樓繼續享用他的早茶。黃天佑摸摸鼻子，心裡祈禱巫覡明這傢伙最好真有兩把刷子。

當夜，洗好澡的黃天佑一穿上黃華剛的衣服，立即以肌膚親身感受襯衫上頭黏膩的汗臭味。

「阿覡，接下來要做什麼？」他哀莫大於心死詢問。

「睡覺。」

「我怎麼可能睡得……」

巫覡明飛快往黃天佑的後頸一戳，他戳的位置刁鑽精準，黃天佑幾乎在那一下後雙眼一翻，直挺挺倒往行軍床。除了奇門異術，巫覡明更是人體穴位氣脈的專家，方才他正是藉由勁力讓對方不得不昏睡。

「你不睡，對方怎麼找上門？」

巫覡明點燃四角的蠟燭，杳無燈光的房間唯有四道火紅燭火搖曳，黑暗中，巫覡明的臉看來格外陰沉。

黃天佑許久沒睡過那麼舒服的一覺。

當他起床時，天已亮得刺眼，巫覡明盤腿坐在角落，似乎正在打頓。黃天佑一陣感動，沒想到巫覡明毒舌歸毒舌，為了朋友竟不惜兩肋插刀整夜守著他的安危？

行軍床四邊的蠟燭已燃燒殆盡，整間房瀰漫蠟油獨特的氣味。巫覡明頭一點，被自己的動作驚醒。

「唷？醒了？昨天沒做惡夢吧？」

「沒有！我好久沒睡這麼好了！阿覡，真有你的！你到底做了什麼？」

巫覡明站起身，用手指點了點黃天佑的背，他指尖觸摸的位置恰恰是那道奇怪的紅色圖騰。

「這圖騰是障眼法，藉此使蠱毒錯認目標，尤其你這件衣服又沒洗、帶著黃花崗的味道，昨天蠱被圖騰幻惑弄錯目標跑去找我們的七十二烈士。」

「它跑去找堂哥？」黃天佑大驚失色，「堂哥有沒有怎樣？該死！阿覡，你怎麼可以把堂哥扯進來？」

「緊張什麼？我是那麼不知輕重會拖無辜的人下水的人嗎？黃花崗沒事，人好得很！有事也是因為宿醉。」

黃天佑欲脫口的「你是」生生嚥了下來。

「黃花崗命帶魁罡，整身罡氣強烈更是前所未見，尋常異術或者精怪要找他碴還真不容易。」巫覡明的語調帶有明顯的不悅，顯然不滿如此獨特命格竟然落在跟自己不對盤的黃華剛身上。

黃天佑並沒有弄明白巫覡明的話，但他聽出對方話中的盲點。

「阿覡，你這話有問題呀！你說我堂哥命硬，鬼神之流侵害不了他，可是如果堂哥的八字夠硬，怎麼還會被女鬼纏上？」

黃天佑指的自然是黃華剛在處理林森北歡場命案時，被死者糾纏數日難以入眠一事。

「喔！那是我弄得。」巫覡明涼涼回覆。

「你、你弄得？」黃天佑瞪大雙眼。

「七十二烈士不是口口聲聲說不信鬼神？面對這種鐵齒的人當然是給他震撼教育最快。不過你家堂哥八字也真夠絕，八字重量算下去足足九兩九，要不是我本事夠，王杏芳真請不上身。」

思及黃華剛青紫的黑眼圈，黃天佑為堂哥默哀3秒。

「能拿到你毛髮製作替身蠱的人一定跟你有某種關係。你生活乏味，人又宅，我想施術者莫過是職場同仁。你今天乖乖回去上班，揪出施術者，找出是誰搞你我就好辦了。」

「下蠱的人……有什麼特徵？」黃天佑納悶道。

「你看到就知道了。」巫覡明語焉不詳回覆，嘴角勾起惡劣的幅度。

※　※

黃天佑從來沒有抱持如此忐忑的心情上班。

巫覡明說他可以輕而易舉辨別出是誰對他下蠱，他什麼時候在對方心中有這麼高的評價？如果黃天佑隨便就能找出兇手，又怎麼還需要勞動巫覡明這尊送不走的大神幫忙？

黃天佑跟著前輩處理好幾具待檢驗的遺體，一整天風平浪靜。儘管他不斷運用「柯南精神」抽絲剝繭，仍找不到蛛絲馬跡，一路到下班都沒意識到誰才是兇手。

「阿佑，下班啦？怎麼下班還苦著一張臉？有姊姊這樣的超級名模陪你下班，怎麼不笑兩下討姊姊歡心？」

隔壁組的人氣名媛美惠以哥兒們的姿態搭著黃天佑的肩膀，美魔女破例跟單身狗相伴，黃天佑的心情卻沒因此舒爽起來。

「我只是覺得心情有些鬱悶……」黃天佑怎麼可能坦率告訴美惠自己的遭遇？就怕說了被人當作神經病。

「你這樣就鬱悶？我才鬱悶好嗎！你知道阿發今天無故曠職耶！喔，也不能說無故啦，今天時間到沒出現我就打給他了！他說他上吐下瀉沒法上班，我這好同事只好幫他請了病假。」

「阿發？」黃天佑的臉上寫滿問號。

「新人呀！我們還一起吃過飯！」美惠一臉宛如看失智老人的悲憫神情。

黃天佑皺眉苦思美惠口中的新人阿發是誰。黃天佑不擅記人，若是遇上奇裝異服或者髮型怪異的人或許還有可能記得住，再不濟他能記得的就是像巫覡明這種「若你記不得我你就死定了」的類型。黃天佑不斷試圖在混亂記憶中勾勒出「新人阿發」的樣貌，久久未果，只好以一副可憐無辜的模樣盯著美惠直搖尾巴。

美惠嘆口氣：「唉！你真的需要買點銀杏來吃，哪天會不會忘記自己住哪裡？高宏盛前輩記得吧？」

「當然！只是跟高老前輩有什麼關係？」

高宏盛是他們法醫圈骨灰級的前輩大師，主動將歐美新型檢驗系統引進台灣，更是親力親為改變很多台灣錯誤的化驗方法，可惜天妒英才，老天沒讓高宏盛老人家多留幾年，前陣子無故猝死，震撼法醫界。

「王發！當時高老前輩仙逝，就是王發這個老前輩手把手帶大的嫡徒弟前來接替老前輩工作的。雖然就事論事有些不合制度，但大家都看在老前輩面子上，睜一隻眼閉一隻眼，讓阿發順利繼任高老前輩的工作。」

順著美惠的話，王發最重要的五官依舊模糊。王發這個人唯一的記憶點莫過於與高宏盛的師徒關係，就算拜了名師，要讓記憶力欠佳的黃天佑記得仍無用武之地。

「也不是說當法醫就不能請假，只是既然身體這麼不舒服，就該早點跟我們講呀，我們好機動將休假的人調來排班！算了！聽說阿發以前是全勤保持者，沒請過假搞不懂如何請假也算情理之中。」

一個莫名念頭從黃天佑心裡迸出；巫覡明說他一定認得出來是誰在搞鬼，只要看到就知道，儘管黃天佑沒看到，但他多少猜得出巫覡明指的是某些不對勁的事。

一個從不請假的人莫名曠職，這稱得上不對勁嗎？

黃天佑帶著滿腹疑問下班，匆匆忙忙趕赴陽明山向巫覡明好好討教一番。

※　※

巫山館照例又是大小事一手包辦的青姨開門。黃天佑道了聲謝後，拎著鞋小心走進巫覡明的領地，卻意外發現巫家今天意外有別的訪客。

「明少爺，峰老爺託我帶點土產給您。」穿旗袍的妙齡女子恭敬對巫覡明道，手握的精美提袋看來就是她口中的土產。

巫覡明意興闌珊，隨意以下巴指了個位子要女子將土產放下，揮揮手示意要她離去。面對巫覡明這種冷漠態度，女子似乎習以為常，無所謂地放下提袋逕自離去。

擦身而過的同時，黃天佑仔細看了一回女子的長相，她相當年輕，大概是大學生到社會新鮮人間的年紀，相貌姣好，白皙的皮膚搭配古典美的長相，頗能趕上最近盛行的「四千年來一見的美人」封號。

可惜女子美歸美，她的美沒在巫覡明面前特別沾到甜頭，巫覡明對她愛理不理，三兩下就打發對方。女子不氣餒也不埋怨，以極具風度的姿態離開巫山館。

「阿覡，真有你的！見到美女也臨危不亂。」

「單身狗果真只會往那方面想。」臨危不亂的巫覡明見著不正經的黃天佑，登時眉毛一挑，回歸毒舌本色，「那是我爸的手下。」

「你爸的手下……？」黃天佑順著方才女子的話想了一回，「她剛說自己是受峰老爺所託……你老爸叫什麼峰？」

「巫家男兒多半是單名。」

「所以……你們姓巫覡？你爸叫巫覡峰？」

「我都說『巫家』了，你腦子有洞嗎？你有聽過巫覡這種姓嗎？不過真的讓你瞎貓碰上死耗子，我老爸確實叫巫覡峰。覡這字是巫家中天賦異稟的人才能冠在名字內，我爸的名字只有峰一個字，巫覡峰，我則是明，巫覡明。」

「所以我不該叫你阿覡，應該叫你阿明？你怎麼從不糾正我？」黃天佑恍然大悟。

「因為阿明很難聽。」巫覡明白眼以對。

巫覡明以完美姿勢將手中的蓋杯茶喝完，輕巧放回桌面，青姨立刻上前添了新茶，順道送上一盤紅棗夾核桃。黃天佑剛下班，餓得很，赤手抓了一顆，馬上換得巫覡明的打手攻擊。

「這是青姨給我的，你拿什麼？」

黃天佑撫摸紅腫的手：「阿覡，你真狠耶！我下班連飯都還沒吃就過來，你讓我吃一顆會死呀？」

「我不會死，吃了你會死。」巫覡明以眼神示意青姨準備其他吃食，「發現是誰下蠱了嗎？」

「你不是說一看就知道？我沒看到，今天一切都很正常，除了一個新人沒來以外。」

「就是他，叫什麼名字。」巫覡明鐵口直斷。

「王發，高宏盛前輩的嫡弟子。」

「高宏盛……高宏盛……」巫覡明念著老前輩的名字沉思，最後做出語不驚人死不休的總結。

「你說的王發……算了，以你的智商還是拿相片跟你確認實在。」

在黃天佑滿腹疑問享用青姨為他煮的什錦麵的同時，巫覡明馬不停蹄聯絡熟識的徵信社，不知道是這間徵信社確實有兩把刷子，還是礙於巫覡明淫威不得不發揮超常本領，黃天佑的麵才剛吃完，王發的身家資料已經經由Mail送來。

「你口中的王發是這個人嗎？」

巫覡明指著螢幕上的彩色大頭照，黃天佑本來就對王發這個人毫無印象，就算比對照片也不見得能喚醒多少記憶。看了好半晌，他只能尷尬搖頭。

「算了，期待你別搞錯屍體就好，更多就是強求了。」

螢幕上的王發，相貌極其平凡，不像巫覡明這種一看就難以忘懷的美人臉蛋，更不是黃華剛那種活像被欠八百萬的凶狠臉孔，黃天佑覺得自己認不得對方實在情有可原。

「把地址輸入GPS，我們現在去找他。」

「現在！我們不用先打電話通知王發，我們要登門拜訪嗎？」

黃天佑的話換來巫覡明一陣痛揍。

「你抓姦還會打電話通知姦夫你們要去拍照嗎？我真該放任你這種蠢蛋讓人害死才有助世界和平！」

六

黃天佑滿腹委屈如小媳婦跟在巫覡明身後離開巫山館，為了轉移自己的注意，黃天佑不斷甩著車鎖匙，鎖匙的金屬撞擊聲叮叮噹噹，伴隨晚風吹拂，顯得格外陰森。

巫山館內停著幾輛巫覡明收藏的名車，自然沒有空位留給黃天佑的日產車，他將車停在巫山館的圍牆外，正當兩人前後走出巫山館，異象發生了。

「不錯嘛！還懂得在我們離開巫山館保護才動手，我給王發的評價應該再高一些。」兩側林蔭不斷延展，細瘦枝條編織成網，瞬刻將黃天佑與巫覡明籠罩在內。窸窸窣窣的摩擦聲不絕於耳，黃天佑渾身顫抖，儘管有巫覡明這樣不凡的朋友、儘管親身經歷「遺體消失」，他仍屬於科學實證者，總認為超自然的事物只可能發生在夢境，如今不對勁的事也不管他有沒有辦法消化，幾乎是一場又一場開展眼前，黃天佑根本不知相信是好還是閉眼假裝沒看見是好。

漆黑的東西從樹頂如雨瞬降，巫覡明順手揮飛即將摔在他倆頭上的黑色小東西，黃天佑定睛一瞧，竟然是毒蠍。

「蠍、蠍子？蠍子怎麼會從天空掉下來？」

「等等還會有更精彩的。」巫覡明眼神散發光彩，一臉興奮。

樹枝與毒蠍將他們徹底與巫山館分開，兩人就算想逃回家，也沒有退路。

「阿覡，我們現在是不是……狀況很不樂觀？」黃天佑拼命縮小身軀，深怕毒蠍趁亂跑到自己身上。

「如果只有你一個人，我可以開門見山告訴你，你絕對死定了。但有我在……」

黃天佑一陣感動，豈料巫覡明雲淡風輕補上一句：「有我在你連下輩子都死定了。我為你犧牲如此大，你這輩子還不完，恐怕連下輩子都要栽下去。」

趁著黃天佑仍在恍神，巫覡明從風衣內袋掏出折疊刀，他皺眉轉開刀子，行雲流水往指尖畫了一刀。他將流血的指尖往地上一按，讓鮮血混著泥土，於黃天佑的周遭畫了一個小圈。

「不要離開這個圈。」

「那你也畫大一點……」黃天佑低頭看著只要不小心踉蹌就會離開的狹窄圓圈。

「我貧血。」巫覡明白眼黃天佑，順手以衣服擦拭傷口的泥濘。

「你不用念什麼咒語讓這個血圈發光嗎？」思及超自然電影，黃天佑滿懷期待望著巫覡明。

「不用。」

從空而降的毒蠍開始避開血圈與巫覡明。蛙鳴四起，連帶著劇毒的鮮豔蟾蜍也加入戰局，然而不論是哪方毒蟲，沒有生物膽敢接近巫覡明四周。

毒物聚集兩人周身，呈現敵不動我不動的僵局。

「為什麼你畫的這個圈那麼有用？」見現下安全，黃天佑的好奇心大開。

「我就算畫正方形也行，有用的不是圖形，是我的血。」

「你的血？我怎麼沒聽懂……。」

「要讓這些蟲蟲不敢進犯只有一個方法……」巫覡明的聲音在蟲蟲爬動的細碎噪音下顯得有些空蕩蕩，宛如隔了層板子與黃天佑對話，「只要比牠們毒就可以了。」

「你的血有毒！」黃天佑驚駭道，下意識想後退，卻在千鈞一髮之際想起巫覡明的告誡，只好如木頭人繼續罰站在圈內。

「撕一塊布給我。」

「啊？」

「你是耳背嗎？撕一塊布給我。」

「你要布做什麼？」

「寫東西。」

「寫東西用紙不是更好嗎？我找找……」黃天佑手忙腳亂把身上所有東西都掏出來，

「發票可不可以？這張還是二聯式很大張！」

黃天佑艱難的在圈中掙扎將發票遞給巫覡明，巫覡明嫌棄歸嫌棄，仍拿起發票。巫覡明以拇指與中指用力擠了食指的傷口，將鮮血在發票上胡亂寫出幾個難以辨認的字，接著以食指和中指夾著發票，迅猛一揮，隨著弧線，猛烈的火焰凌空而生。

「靠！阿覡你是魔術師嗎？居然會噴火！」

黃天佑瞪大雙眼看著不斷往後竄逃的毒蟲，漆黑的小東西如退潮漸漸散去，交纏成圓頂的樹枝亦縮回原本範圍，平凡的草地、滿天星斗頓時重現眼前。黃天佑往自己腳下瞥了眼，毒蠍蟾蜍一個也不剩，然而被巫覡明鮮血劃過的草地雜草竟全數枯萎，彷彿被大火焚燒，寸草不生。

「還真有毒……」黃天佑喃喃。

「蟲蟲怕火，這些不入流的我可以用火對付，就怕那個假王發還有後招。」

「假的？阿覡你見過阿發？不然怎麼知道他是假的？」

「沒見過，但高宏盛前輩的為人我是聽過的，我不覺得他會將衣缽傳給一個蟲師。好了，快開車！如果假王發符合我的期待，路上我們還有更緊張刺激的等著我們。」

巫覡明燦爛一笑，笑容有多燦爛，黃天佑毛骨悚然的程度便有多高。

自從拿到駕照後，黃天佑開車不曾這麼膽戰心驚。副駕駛座的巫覡明心情好的彷彿中了樂透頭獎，平常除了冷笑與嘲笑鮮少露出笑容的他，今刻掛著令男男女女心動的明媚微笑。

再也沒有比巫覡明笑得開朗更令人汗毛直豎的事情。

巫覡明旁若無人唱著崑曲，巫覡明的嗓子好，唱起歌自然悅耳，如果有意往戲曲名伶之路發展，想來也能做出一番成績。可惜此情此景，黃天佑無福消受，只能暗自禱告兩人能順利離開陽明山。

夜間行車，理所當然無比順暢，一路上黃天佑暢行無阻，慶幸應該能比平常少花半刻鐘回到士林，殊不知他已經花上平日兩倍時間仍和巫覡明處在陽明山山腰。

「我沒有開錯路呀！」黃天佑猛力戳著手機面板，GPS導航從半小時前就標註他們再花十分鐘就能離開陽明山，沒想到半小時後這十分鐘仍是十分鐘，簡直比家具行「年末跳樓大拍賣」更不守信用。

「很明顯，我們『鬼打牆』了。能在高大前輩底下惹事生非，看來我最初小瞧了他。」

巫覡明的臉上沒有分毫危機感。

「剛都是派蝦兵蟹將打頭陣，等等要遇海龍王了。」巫覡明樂得直哼歌。

「海、海龍王是什麼意思？」

「意思是有龐然大物要拔山倒樹而來！小Boss解決了要出MVP了！你這宅男應該很開心吧？我們要挑戰MVP囉！」

「我只接受手遊的MVP！因為我還能復活！」黃天佑絕望大罵。

沉重步伐聲從後方傳來，黃天佑覺得脖頸宛如落枕，僵硬感讓他無法回頭張望。巫覡明的心情依舊好的如中樂透頭獎，從輕聲哼歌轉為用手敲擊車窗打著緊湊節拍。

黃天佑徹底明白欲哭無淚四個字該用在什麼時候。

「有沒有讀過怪獸圖鑑？」巫覡明哪壺不開提哪壺詢問。

黃天佑只當巫覡明想化解緊張氣氛，哭喪臉不假思索回答：「我只玩過一代，後來開路奇亞我抓不到就沒玩了！圖鑑我從來沒集滿過。」

想當初寶可夢風行全台時，正是黃天佑工作最忙的時候，要不是黃天佑想驗證「在殯儀館或極陰之地可以抓到幽靈系寶可夢」的都市傳說，恐怕也沒心思下載來玩！而他上班吃飯之餘，抓到等級高到令人流口水的耿鬼又是另一回事。

巫覡明以黃天佑不得不懷疑自己會不會頸椎脫臼的力道猛力拍了他的腦袋。

「死宅男！誰跟你寶可夢！我說的是山海經！」

淚水在黃天佑的眼眶打轉：「山、山海經？那跟怪物圖鑑有什麼關係？」

「山海經記載的不是怪物，難道是郵票嗎？跟沒文化涵養的人真是談不來。」巫覡明大大嘆口氣。

黃天佑感到萬分委屈。山海經在他的記憶中跟恐龍化石一樣古老，從小學理科的他，若真要看書也會挑解剖學相關書籍，最不濟是念在戶頭存款可憐選擇商業雜誌。讀山海經？就算投胎一百次也不會是黃天佑的首選。

「山海經，據說是先秦古籍，以記載怪奇珍寶為主。民間傳說的詭異怪獸妖物，都能在裡頭找到。當然除了妖物之外，山海經還有許多神話傳說、巫師祭祀的資料，是不可不看的奇書。」

「聽起來跟齊天列大百科差不多。」

「死宅男。總之，我認為等會出現的怪物脫離不了山海經想像，我還蠻期待假王發會變出什麼有趣玩意。」

巫覡明示意黃天佑停下車，他們已陷入鬼打牆局面好半晌，前後早已不見來車或生人，再開車也只是浪費油錢，不如停下車納涼。

不知是錯覺亦或真實異變，黃天佑隱隱約約覺得環繞他們的樹海正以超自然速度生長，眨眼間，夜空已被交錯林蔭遮掩，他與巫覡明二度被圓頂似的樹叢完全包圍，明明方才還在正常世界的兩人，如今赫然進入異次元空間。

「阿覡，你不是說王發是蠱師嗎？蠱師能操縱樹木嗎？」

「基本上蠱師能操縱的只有毒蟲，或者藉由替身蟲控制人類，他們的觸手沒那麼廣，伸不到植物這塊。如今我們會覺得被樹叢包圍，八成是假王發用了迷情蠱，惑亂我們的五感。」

「可、可是你又沒見過王發，他能什麼時候對你下蠱？」

黃天佑的疑問讓巫覡明沉思，幾經思索他恍然大悟。

「方才巫山館外的毒蟲，就是假王發的施蠱媒介，我不是為了救你打飛幾隻毒蠍？應該就是在那時候中招。」

黃天佑決定放棄爭論巫覡明究竟是因為潔癖還是想挽救他小命才打飛毒蠍這點。

「迷情蠱厲不厲害？你不是說迷情蠱主要是惑亂五感？既然只是讓我們看到幻覺，我們應該性命無虞吧？」黃天佑滿懷希望詢問。

巫覡明倒沒黃天佑如此樂觀。傳說在二戰時，納粹曾以一批飛行員做實驗，告知他們將遭受放血刑罰。飛行員的雙眼受蒙蔽，又身處語言不通的環境，自然緊張萬分。納粹讓飛行員聽著水滴聲，倒沒真讓他們受到傷害，然而這群飛行員最後仍是死了，他們被未曾執行的放血活活嚇死。

幻覺雖然虛無，但虛無也擁有致人於死地的力量。

既然已經感染到迷情蠱，巫覡明決定被動迎擊，黃天佑與他兩人倚靠車門，靜待巫覡明口中的MVP拔山倒樹而來。

如坦克輾壓物體的巨大噪音從遠方而來，以樹叢包圍巫覡明與黃天佑的空間距離，能發出這樣大噪音的物體不可能到現在仍不見蹤跡。

剎那間，一顆超越數人手拉手環抱的巨型圓球憑空出現，圓球渾身肉色，活像夜市沙威瑪的肉串。渾厚的肥肉抖動。圓球沒有五官，三對與球體不成比例的獸足從贅肉夾縫竄出，四片羽翼在背後吃力拍打，像是用盡洪荒之力使肥壯的圓球身軀騰空飛翔。

面對如此荒誕的超常生物，黃天佑不知該作何感想。

「啊哈哈！四凶哪隻不挑，居然挑了混沌？這審美觀真的快笑死我！黃天佑，你看它像不像一頭豬裝了翅膀？還是鄉民說的沙威瑪核終於養育成功？」

巫覡明毫無危機意識，捧腹笑倒在地。看著巫覡明笑到連眼淚都泌出，黃天佑幾乎用悲憫的眼神望著與他們僵持的渾圓肉球。

待笑到上氣不接下氣，巫覡明總算站直身，以嚴肅表情低聲念了一段古文。

「『其狀如黃囊，赤如丹火，六足四翼，混沌無面目，是識歌舞，實為帝江。』」

「阿覡你還有心思吟詩……」黃天佑哭喪臉。

巫覡明抬起左腳飛快踹了黃天佑的臀部，黃天佑被踹倒在地，整個人受力被摺疊成拱橋。

「白癡！我剛念的是山海經中有關混沌的敘述，你應該稱讚我有過目不忘的傑出腦力！山海經中記載了四大凶獸，你眼前的飛天肥豬就是四凶之一的混沌。」

午夜的陽明山，拂起的風除了陰冷，理論上應該帶有濕潤的青草氣味，眼前的混沌，搧動翅膀帶起的風混雜腥臭，那種飽含熱度的氣息使黃天佑想起工作時穿越口罩的腐敗氣味。

「過目不忘的巫覡明大人，你有什麼好法子讓那隻混沌放過我們？」

即使混沌的外表滑稽，肥到宛如能滴油的球身在視覺上一點威脅性也沒有，黃天佑仍念在混沌的起源悠久，勢必不是能小覷的對手，仍心存一絲絲懼怕。

「當然。」

「敢問大人，能趕快告訴小的方法是什麼嗎？小的深怕那隻肥……混沌，朝我們撞來，我們的結局只能往北極飛去。」

「迷情蠱主要是用幻覺迷惑我們，只要能破解幻覺，迷情蠱不足為懼。」

混沌不再守株待兔，拍打翅膀的力道劇烈，風暴肆起，颳起的風富含熱度與臭氣，枯葉以旋轉之姿籠罩巫覡明與黃天佑，葉片擦過黃天佑的臉頰，腥紅泌出。混沌以與牠龐然身姿毫不相襯的驚人速度往巫覡明和黃天佑而來。

巫覡明在混沌即將撞飛他們的前一刻，忽然蹲下身，隨手撿起地上枯枝；巫覡明拾來的枯枝雖然細瘦，結構卻非常扎實，他想也沒想直接以枝條尖端刺穿掌心，血液如流水劃破空氣，巫覡明以帶血的樹枝劈向混沌。

以混沌的體積，樹枝的質量根本無法造成實際威脅，但是混沌的身影竟然在樹枝劈擊的同時忽地閃爍，黃天佑甚至覺得混沌的身影是消失了半秒鐘又再出現。

混沌穿過兩人，黃天佑沒有感受到被撞擊的實體感，更沒有出現意料內的疼痛，他錯愕回身看往穿過他們的混沌。

「蠱師這玩意我五歲就弄死一個！」

巫覡明抄起染血的樹枝一個蹬地，興致勃勃躍向混沌。

隨著巫覡明以孩子王之姿抄著樹枝衝向混沌，黃天佑覺得自己的視覺似乎受到某種強烈衝擊，本來理所當然的事物變調；在巫覡明玩耍大於認真的比劃中，黃天佑彷彿看到混沌的身體不斷閃爍，混沌的身影忽明忽滅，忽聚忽散，這種狀況他聞所未聞，無法以固有認知解釋，理科腦的他拼命從過往所學的知識找出合理可能。

「楞頭鵝，你要繼續乾站在那多久？不來一起玩嗎？」

巫覡明說話的同時，空閒的手撐地腰部使勁一轉，整個人躍過混沌，輕巧落在混沌肥壯的圓體身軀上，卻在同時摔回地面。巫覡明注重儀表，摔下來時自然是以無懈可擊的落地動作化解。

這倒讓黃天佑真正想不透了！巫覡明明明已經站在混沌身上，好端端怎麼會摔下來？而且若他沒眼花，黃天佑是看到巫覡明從混沌的「身體內」摔下來。

巫覡明趁亂回到黃天佑身邊，黃天佑揉著雙眼，死死盯著混沌閃爍的肥胖身體。

「阿覡……我怎麼覺得我看不懂了？」

「你看不懂很正常，因為你笨。」

「那拜託你用笨蛋也聽得懂的方式告訴我到底發生什麼事？我怎麼覺得混沌的身體一閃一閃？」

巫覡明一臉鄙夷：「一閃一閃？你當牠是天上的星星？原來星星在你眼中是頭豬呀？」

黃天佑比手畫腳向巫覡明解釋自己的「錯視」，他本以為在解釋完又會換來巫覡明一陣冷嘲熱諷，沒想到巫覡明本來鄙夷的眼神轉為憐憫。

「嗯，還有救，有看到重點，難為你用自己貧脊的知識解釋。」

巫覡明蹲下身，他掌心的傷口雖然沒像方才鮮血泉湧，卻因為口徑不小仍在滲血，他胡亂用受傷的手抓了把土，像小孩玩泥巴用泥土掩蓋傷口。

黃天佑雖然平常看得是死人，見到活人這樣處理傷口也不由得頭皮發麻。

「阿覡，你這樣對待傷口小心發炎！」

巫覡明無所謂地繼續他的動作，黃天佑發現巫覡明並非拿泥土充當藥劑止血，而是以鮮血為黏著劑，戳揉泥土製作小小泥球。

「我只表演一次，你看仔細，沒看懂我以後都叫你黃笨豬。」

巫覡明的掌心中有五枚形狀不工整的土球，他利用巧勁，深褐色的土球通通往混沌的身體飛去。

黃天佑睜大眼睛，壓根不敢眨眼，深怕笨豬一字永遠跟隨自己。土球飛向混沌的瞬刻，混沌的圓形身體發生變化。

黃天佑知道理工出生的自己詞彙確實貧乏，不像大作家能信手拈來華美詞藻，但此刻他不相信還有人能想出更貼切的形容詞。

混沌變成一顆石榴，一顆成熟從內炸裂的石榴。

混沌的肥厚皮膚略帶粉色，鄉民盛傳粉紅色切開來裡頭都是黑色果真不假！混沌的粉紅皮膚龜裂爆開，裡頭炸出顆顆漆黑「果實」！

混沌體內炸出的漆黑果實彷彿有生命，悉數朝巫覡明與黃天佑噴射，黃天佑驚恐地撇頭閃避，後頸卻被一只有力的爪子攫住，強行將他的頭扭回。

「別轉頭，看仔細！」巫覡明大聲喝斥。

無法轉移視線的黃天佑只能盡可能睜著眼睛看著混沌，他赫然發現方才的龐然大物其實只是假象，那顆傳說級的渾肥肉球的真面目居然是數以難計的飛蟲！鮮豔的蛾蝶、比拇指大的虎頭蜂，所有百科叢書能找著的飛行毒蟲應有盡有！

「假王發怎麼可能有辦法呼喚四凶？那頭飛天肥豬根本不是混沌，只是一群飛蟲聚集成圓球，搭配迷情蠱帶來的錯覺。」

黃天佑恍然大悟。就算假王發是多麼厲害的蠱師，被操縱的毒蟲遇到危險時還是會依據本能倉皇逃逸，因此造成巫覡明進攻時畫面閃爍的錯覺，混沌的身體會閃爍實際上是聚集成球的飛蟲在那刻散去而後重新結合導致。

「不過有一點我要大力稱讚假王發。他對蠱蟲的支配力可以稱得上宗師等級，比起我弄死的那個，實在是有過之無不及。」

順著巫覡明彷彿太陽打西邊出來的讚美，黃天佑赫然發現一連串超常事情的怪異處。明知不可為而為之，這種節操並非人人都有。蠱蟲明知道巫覡明的血比自己還毒，逃生的意志卻被奴心支配，想逃卻又無法坦率逃散。倘若假王發對蠱蟲的支配率如此高，那麼他製作的「替身蠱」又能對自己進行到何種程度的操縱？

黃天佑毛骨悚然。巫覡明說那具消失的遺體正是未來的他，上頭那套衣服甚至是自己不知不覺間購買，那麼現在的自己，又有多少意志是屬於真正的黃天佑？假王發會不會趁巫覡明沒有防備之際，操縱他，逼迫他攻擊巫覡明？

不知巫覡明是將所有精力放在混沌身上，還是黃天佑的擔心對他根本不成問題，他的表情依舊神采飛揚，壓根沒注意到黃天佑陰晴不定的臉。

「我太期待跟假王發碰面，所以我要趕快解決這頭飛天肥豬。」

「你要怎麼解決？用火嗎？」

思及巫覡明在巫山館外頭猶如魔術師的特技，黃天佑滿心期待。

「蠱蟲是怕火沒錯，但眼前這群……我認為就算被燒個灰飛煙滅牠們還是會繼續朝我們衝來。所以我們要用別的方法燒牠。」

「什麼別的方法？」

「死宅男，你不怕死人，那你怕不怕鬼？」巫覡明話鋒一轉。

黃天佑幾乎不假思索回答：「怕呀！如果世界上真的有鬼，那我屍體切到一半不就會跳起來？多可怕。」

「就知道你既不中看也不中用。」

巫覡明發起牢騷，忽然旋身來到黃天佑身後，一個快狠準的手刀劈往對方後頸，黃天佑來不及發問，在感覺痛楚的剎那眼睛一黑，整個人厥了過去。

七

當黃天佑醒來，他發現自己正坐在副駕駛座，安全帶繫得穩妥，巫覡明則坐在駕駛座氣定神閒開著自己那台中古日產車。

一切合情合理，方才經歷的種種彷彿夢一場。

一場夢個鬼！巫覡明這種等級的豪門公子哥怎麼可能屈就於平凡的日產車？光看到他握著方向盤就夠不合理了！

黃天佑急忙梳理思緒，混沌的肥胖身形霎時浮現腦海，他回憶起巫覡明的奇怪問題。

「阿覡！混沌呢？」

「處理掉了，後知後覺。」

巫覡明對黃天佑的緊張無動於衷，專心盯著前方。巫覡明開起車從容優雅，左手握著方向盤，神情專注，身體卻帶著一股悠閒感。

「你怎麼處理的？」

黃天佑不知道是自己過於神經兮兮還是真有這麼回事，他莫名覺得巫觋明身上帶著一股奇異氣味，隱隱約約，不甚明顯，隱約到讓他懷疑是自己鼻子出現問題。

「你說會怕，那我就不折騰你。話說，你跟假王發真的毫無私交嗎？蠱師是很記仇的傢伙不假，但也沒有閒情逸致隨便對人下蠱，你真的想不起來是哪裡得罪到他？」

巫觋明的視線依舊專於前方，透過擋風玻璃，黃天佑清楚看到對方的臉，巫觋明烏黑的眸子與標緻的臉蛋一覽無遺，不知道是不是倒影帶來的錯覺，黃天佑覺得巫觋明的臉色格外慘白。

他想起對方以自己的血做武器，登時著急起來。

「阿觋！你的傷口還好吧？傷口就算不大，不好好止血也是會要命的！」

黃天佑心直口快，急起來更是動口搭配動手，他急著想看巫觋明掌心上的傷口，探手就是要扳過巫觋明放在膝上的右手。

「不要碰我！」

巫觋明大動作閃過黃天佑的手，因為動作過大，方向盤一時沒拿穩，車子整個一晃偏離車道，好在夜深人靜，路上無其他來車，省去一場交通事故。

黃天佑被巫觋明強硬回絕弄得略為惱怒。

「兇什麼！我只是想幫你，你不領情也不用這樣。」

「你想死就來幫我。」

巫覡明受傷的手握緊成拳，絲毫不給黃天佑碰觸的機會。

黃天佑氣鼓了臉，別過頭不再理會巫覡明。巫覡明神情凝重，眉頭緊蹙直望前方。兩人一語不發開著車總算離開仰德大道一路往中山北路前進。

車內氣氛沉重，黃天佑突然覺得他寧願跟毒舌的巫覡明在一塊，也好過現在這種安靜的尷尬。

他們完全離開士林北投一帶，沿著中山北路緘默行駛，新光三越大樓由小變得高聳，假王發住在萬華，夜深人靜的路程直至經過西門町一帶才逐漸有了人聲。

黃天佑很想打破沉默，卻又不想輕易服軟，鼓脹的臉說明他的糾結。後頸的疼痛感讓他對巫覡明的不滿再上一層，好端端打昏他做什麼？沒想到就巫覡明這種身材長相居然能以一記手刀打暈自己，到底是他太體弱還是巫覡明深藏不露？

「到底是用什麼手段打贏那頭豬……」黃天佑不是那種心事藏在心底不說的人，他想到什麼就說什麼，一時不查竟把心裡所想的講出來。

這話反倒讓巫覡明樂了。

「唷！不錯，不是不可教化！對，那就是頭豬！」巫覡明的臉上露出淺淺笑意，「沒什麼方法，就是那種你會怕的方法。」

「我會怕的方法？」

黃天佑腦中倏地浮現各種自己會害怕的方法；五樓不再是五樓，實體現身一報還一報指責黃天佑設陷阱給五樓跳、打卡遇到機器壞掉報到時間直接加上兩小時、今日接的遺體是他們最怕腐爛多時的那種、解剖到一半死者突然醒來說自己沒死……。

不論哪一種，黃天佑都不覺得能拿來對付混沌。

「我們到了。」

巫覡明忽然出聲，將車子停在電線桿前。假王發居住的是一棟待都更大樓，放眼望去好幾間房已無人居住。

「資料說假王發住在五樓，真是的！這種公寓一看就沒電梯。」巫覡明埋怨。

五樓嗎？聽見五樓兩個字，黃天佑不禁抖了一下，難道真的是五樓的報復嗎？不對，五樓上面不是四樓是六樓，他不該現實虛擬分不清楚。

方經過一場惡戰，兩人的體力多少有些耗損，再者住慣獨棟別墅的巫覡明完美演繹嬌生慣養貴公子，爬兩格樓梯埋怨一回，爬上一層樓詛咒一遍，好不容易他們終於抵達五樓。

紅色斑駁的大門顯露陰森氛圍。

「我們要按門鈴嗎？」

「你可以再蠢一點。」巫覡明冷笑，「電影不都有演？你拿根鐵絲在鎖匙孔轉兩圈就能開門了呀！這種苦差事當然交給你這種笨蛋做。」

「巫家少爺，不好意思，我沒有具備這種技能。」黃天佑冷靜回答。

「好在我雖然也沒有，但我有腦袋。」巫覡明從口袋掏出萬能鎖匙，「這種年代的門用它都能輕鬆搞定。」

「你這個公子哥怎麼會有這種東西！」黃天佑覺得自己三觀全毀。

萬能鎖匙沒漏氣，巫覡明三兩下撬開鐵門，以得意非凡的神情望著黃天佑並推開內門。

公寓內擺設不多，卻因為空間設計讓人感覺異常狹窄，當然這也可能是因為兩人剛從寬敞豪奢的巫山館出來才有這樣的錯覺。

黃天佑不自覺摀住口鼻，公寓內有著某種刺鼻的腥臭味，這種味道讓他想到工作時的凝重氣氛。

屋內安靜，屋主似乎不在家。巫覡明也沒興致大聲喧嘩，自顧自往裡頭鑽，黃天佑不知道對方的盤算，只能摸摸鼻子跟緊對方。

巫覡明心無旁騖往最裡頭的房間前去，當他打開未上鎖的房門，黃天佑再也無法安靜，他嚇得叫出聲，整個人更是雙腿一軟，直接摔在巫覡明腳邊，若非巫覡明閃得快，鐵定被黃天佑不自覺拉倒。

房間內沒有床榻，更無一般家具，只放了張椅子，椅子上坐了個人，理論上是個人。

那個應該是人的東西，體無完膚，組織液與血水黏在肌肉筋脈，他形如枯槁，細瘦的四肢被反綁在椅背，地板上乾涸的深褐色血漬散發酸臭味。

眼前的人因為全身被脫皮，視覺上看來就像被血水包覆，暗紅色一片。

「這、這是什麼？」黃天佑幾乎崩潰。

血人的心窩長著一顆黝黑色的圓形物，類似蜂窩，也像蟲蛹。

「人蠱。」巫覡明沉默半晌才回答黃天佑的問題。

「你們是誰？」

陌生聲音自後方傳來，黃天佑與巫覡明雙雙回頭，一名穿著普通襯衫、面容平凡的男人楞楞望著他們。

黃天佑突然記得自己看過這張臉，眼前的人就是美惠口中那名高宏盛的嫡徒弟，他費盡九牛二虎之力終於想起來的——王發。

被巫覡明質疑是假王發的男人，論樣貌實在平庸，無法讓人特別留下印象，此刻的他臉色格外蒼白，彷彿氣血久未通順，若是以病弱當記憶點，眼前的假王發或許能拔得頭籌。

「是你！」假王發望著坐倒在地上的黃天佑，眼睛瞪大，咬牙切齒指著他。

「得了！對話有點深度好嗎？」巫覡明捶捶肩膀，「被蠱毒反噬的滋味如何？」

「你、你怎麼知道我遭到反噬？」假王發支支吾吾。

「因為普天之下就是你大爺我將你下在這楞頭鵝身上的蠱毒反轉回去。」巫覡明伸起懶腰，目中無人的態度舉世無雙。

直到事後，巫覡明才大發慈悲好好解釋假王發當時究竟受到何種反噬。透過黃華剛與身俱來的罡氣，巫覡明借力使力，用非常簡單的方式擺了假王發一道。經由假王發迫害黃天佑的迂迴行事研判，巫覡明猜想對方精通的應該不是替身蠱，蠱術博大精深，既然蠱師不專精在此道，巫覡明就有法子下手應付。巫覡明藉由黃華剛衣服殘留的罡氣，再透過點燃蠟燭幫助「聚魂」。蠱術只辨魂，不管其他，蠱毒透過夢魘找上黃天佑，卻沒預料到對方已有罡氣護體，兩相衝突下，替身蠱只能回去找原主人蠱師假王發，連帶的將要削弱黃天佑三魂七魄的惡毒術法還原到假王發身上。

「聚魂？蠟燭怎麼聚魂？」黃天佑納悶。

「你有沒有聽過老一輩的人說別亂拍別人肩膀？那是因為肩上有兩盞火。我用蠟燭聚魂，就是透過燭火增強你原本雙肩的火焰，你都不知道當時你肩膀上的火焰只跟火柴的光差不多亮。啊！對了！以後就叫你賣火柴的小男孩好了。」

「所以說蠱毒如果沒有逆轉回去，我會怎麼樣？」黃天佑決定直接忽略巫覡明的嘲諷。

「如果蠱毒沒被反噬，你會日日惡夢，接著被夢境所逼去做違反自己心智的事，具體是什麼事情我不清楚，但結局必定是你受不了惡夢相擾進而買了罐汽油澆到自己身上，最後點根火柴，讓自己活活變成那具消失的遺體。」

殘破遺體的種種細節一一映入眼簾，黃天佑感覺到不同氣溫下降的寒冷，消失的遺體的所有細節與他在假王發屋內看到的怪異血人合而為一。

「你也別再瞪了！小鼻子小眼睛瞪起人來一點也不可怕。」巫覡明居然打起呵欠，「蠱毒反噬也不過是上吐下瀉，比起你對黃笨蛋跟真王發作的，根本不足為題。」

「什麼只是上吐下瀉！我吐到後來沒東西吐只能吐血，還活活住在浴室好幾天！」假王發崩潰道。

「阿覡，你說他對我跟真王發作的事？真正的王發在哪裡？」黃天佑有種不祥預感。

巫覡明指著血人：「那裡。老黃，跟你真正的同事打聲招呼吧！」

血人聽到巫覡明的聲音突然抽搐了一下，然而他的傷勢過重，四肢又被繩子綁得穩妥，若非黃天佑看得快，恐怕會以為血人沒有任何反應。

「他、他是真正的王發？他還活著？」

黃天佑覺得極其可怕！他雖然不是救治活人的醫生，只是個終年與屍體為伍的法醫，但依據他的醫學知識，不，或許該說依據普通人的常識，都知道眼前的血人遭受過多大折磨，就連活著都是酷刑！

「假王發把真王發當作煉蠱的器皿，不管是情蠱或者其他蠱毒，最毒的蠱都是由人身種植，而且這個人還不能是尋常老百姓，與蠱師血緣越近的植蠱者，種出的蠱毒效果越強。以我的聰明才智是可以很好的解釋啦！但既然事主在這，假王發，你要不要自己說明？喔！先講一下你到底是誰，免得我假王發真王發叫來叫去挺浪費時間。」

「王猛，王發的雙胞胎兄弟。」王猛宣佈自己的真實身分，表情一掃病態換上了一身狠戾。

「你……你把自己的親兄弟……」黃天佑語不成句。

「親兄弟又怎樣！」王猛咆哮，「他明明知道我是個蠱師，這輩子最偉大的目標就是煉製最強的蠱！他明明可以給我個方便，只要在工作時帶一些肉末給我就行，誰知道他竟然吝嗇到連這點忙都不願意幫！」

王猛氣喘吁吁，只是黃天佑一來對蠱毒沒有太多理解，二來他是最典型的理工腦袋，完全沒法透過王猛的話推理出這場兄弟鬩牆的全貌，他以一臉呆相看往巫覡明。

巫覡明挑眉：「銀杏，你真的需要銀杏。我剛說過人對種蠱很有用，有沒有聽過『沒魚蝦也好』？沒有一整具，拿點肉末應急也可以。王猛應該是想用你們屍檢後剩下的殘骸做些小實驗，可惜王發正直，不打算藉職務之便賣人情給王猛。王猛，你做人失敗。」

王猛露出找到知己的表情：「沒錯！王發對我不仁我何須對他有義！既然他不願意幫我，他也沒有必要繼續活著，我乾脆拿他當我煉蠱的器皿！師父說的真不錯，用血親當器皿，我對蠱術的認知一日千里，我真感謝王發。」

黃天佑身為獨子，不曾有血脈相連的兄弟姊妹陪伴，真要說有什麼同伴，或許就是堂哥黃華剛！為了精進某種技術要他害死黃華剛？拿刀逼他他也不願意！

王猛不再替自己找藉口，也沒打算花時間繼續說服巫覡明與黃天佑贊同他的理念，他突然伸起右手，手腕戴著一串黑曜石手珠，串珠上繫著一枚金色鈴鐺，隨著王猛的伸手，鈴鐺發出一種怪異、有別於尋常鈴聲的尖銳噪音。

黃天佑突然覺得自己四肢僵硬，彷彿中樞神經無法再掌控肢體的動作。

八

黃天佑極力想讓手腳回到自己的掌握，卻越來越覺得四肢與意識屬於截然不同個體，他感到疏離，黃天佑納悶自己真的曾擁有這對手腳嗎？還是過去種種都是他的幻想，他其實是一位四肢癱瘓、臥病在床的殘疾人士？

黃天佑離開巫覡明身邊，筆直朝王猛走去，最後停在對方面前，轉過身，茫然看向巫覡明。

王猛本來蒼白的臉如今容光煥發：「我猜得果然沒錯！中過替身蠱的傢伙，迷情蠱可以非常容易覆蓋上去。所有蠱術中，我最中意的就是迷情蠱。人類真夠愚蠢，一旦看到攻擊自己的人是熟悉的朋友，三兩下便放棄掙扎。」

王猛搖晃手珠，隨著鈴鐺怪異的尖銳噪音，黃天佑舉起右手，王猛順勢將懷中折刀塞進他的掌中，黃天佑僵硬握住折刀，他無助又驚恐地看著巫覡明。

「接下來我會讓你跟你的好朋友黃先生好好打一場！如果不想看到黃先生受傷，你現在就下跪求我饒你小命。」

「首先，他不是我朋友。」巫覡明依舊維持懶洋洋的態度，「第二，如果他讓我受傷，我會先宰了他。最後，我覺得你的兄弟王發好像一命嗚呼了。」

巫覡明指著血人，血人不知何時不再掙扎，被束縛在椅子上的他，以非常扭曲又怪異的姿態仰倒，他不再顫抖，一切凝止於虛無。

黃天佑此刻真正領會什麼叫死亡。雖然身為法醫他平常面對的死人比活人還多，但他是頭一遭親眼看到活人變成死人，在他眼前真的有人因為蠱毒而死，難道下一個會是他嗎？

「他終於死了。」王猛欣慰，「吸取他的死亡，我培植的蠱毒會更強勁，我終於往最強蠱師之路跨出一大步。」

「也就是說我現在阻止你，會讓你功敗垂成？喔！我太喜歡這種發展。」巫覡明陶醉道。

黃天佑鮮少對什麼人產生出憎恨的感情，如今他對王猛的恨難以言喻。黃天佑無從理解王猛的執念，這世界上怎麼可能有事物比血脈相連的兄弟更珍貴值得用對方性命去換？

「在我開始對付你以前，我先問一個問題。那邊的楞頭鵝是哪裡招惹到你，讓你不惜用替身蠱也要了去他的小命？」

「因為他知道我是假王發！不把他處理掉被處理掉的遲早就是我！」王猛尖聲。

黃天佑已經分辨不清巫覡明的表情是憐憫還是嘲諷。

「喂！兇手說你認得他耶！怎麼我從你口中聽來是一問三不知？呆頭鵝，你到底認不認識王猛？」

「不、不認識呀。」黃天佑無辜道。

王猛錯愕看往身前的黃天佑：「不認識我？我到職那天你不是直盯著我看？還一臉知道我是誰的模樣？」

天賦異稟又特別擅長洞察人心的巫覡明領悟一切爭端，他摀著嘴，憋笑似地彎了腰。

「讓我猜猜……笨蛋，你那天是不是沒戴隱形眼鏡？」巫覡明好不容易擠出話。

黃天佑有重度近視，為了方便與美觀，他通常戴隱形眼鏡上班。王猛假扮王發到職那天，他恰巧因為眼睛過敏將隱形眼鏡拆下來清潔，近視過深的他只能瞇著眼睛看新到職的同事，表情認真嚴肅，視線卻是一片模糊。

就這樣陰錯陽差讓王猛認定黃天佑知道自己是假貨。

黃天佑覺得今天是個學習的好日子，除了學到怎麼開門，什麼叫欲哭無淚、粉紅色切開來都是黑色，他還學會該在什麼時機使用「無語問蒼天」。因為看得模糊引發一連串殺機？說出去又有誰相信？難怪新聞不乏行車糾紛互看一眼然後慘遭對方砍殺的刑事案件。

「好了，不閒聊了！既然你弄死人了……」巫覡明的笑容一暗，「我弄死你也不為過吧？」

「弄死我？」王猛噗哧一笑，「外行人就是外行人！你們不了解蠱師的可怕！先別說我全身防禦敵人的蠱毒有多少，蠱師一死，他體內的蠱毒會為了尋找新宿主群起竄逃，最接近我的你們將成為下一任載體。可惜你們不是從小修練的蠱蟲器皿，無法負荷蠱蟲的劇毒，到時候我們黃泉路上彼此陪伴。」

「想寄生到我身上，還要看你的蠱蟲有沒有膽量。」巫覡明燦笑，「不過你都好心提醒了，我不當一回事又顯得不近人情，要收拾你我有的是辦法。」

王猛無法忍受巫覡明這種事不關己的悠閒態度，更別提到對方極盡挑釁的言語。王猛用力晃動手腕，鈴鐺發出如女人尖叫的銳利噪音。黃天佑應聲舉起右手，折刀陰冷的光顯露它的鋒利，隨著王猛的手勢，黃天佑持刀刺往巫覡明。

「阿覡快閃開呀！」

唯有嘴巴仍能如實表達自己的意思，黃天佑放聲吶喊只希望巫覡明能適時躲避攻擊。黃天佑從不是個四肢發達的傢伙，如今被王猛操縱的他，卻靈活展現非常人的敏捷動作。黃天佑的突刺快狠準，就算巫覡明閃過攻擊，王猛也會操控他反身再補上一記揮砍。

身體不斷做出超乎經驗的靈敏動作，筋肉剝離的痛苦逐漸侵蝕黃天佑的意志，他疼的臉色慘白，全身上下每處關節彷彿正搖旗革命，以痛楚張揚理念。

「好了，熱身夠了。」

巫覡明在黃天佑的突刺即將刺穿心窩的瞬刻，單手撐住對方肩膀，用腰部的力量將自己整個人從黃天佑的肩膀翻了過去。在巫覡明翻身躲避攻擊的同時，黃天佑覺得頭髮似乎被對方扯了一回，然而這種疼痛感遠遜於此刻關節的疼痛，他無暇多想。

王猛甩動鈴鐺，想趁巫覡明背對黃天佑時給予一記重擊，沒想到黃天佑卻僵直身軀，再也不聽命王猛指揮。

「為、為什麼不聽我命令？」王猛錯愕道，身為蠱師的他，仍能感受黃天佑身上的迷情蠱依舊有效，並未被拔除，他無從理解。

「你能操縱他，我就不能定他身？」

巫覡明以雙指夾著人形紙片，他一把將紙片丟到地上，右腳狠狠踏住人形紙片。黃天佑頓時隨著巫覡明的動作癱軟，整個人呈大字，死死貼著地板。

「難為你想方設法取得這笨蛋的頭髮，我則是想拔多少就有多少，被我拔到禿頭他也不敢哼聲。」

「拜託別拔到我禿頭……」被無形力量桎梏在地的黃天佑出聲。

「笨蛋，你還記得我說過我們巫家唯有特別的人能在名字冠上覡字吧？」

巫覡明輕聲細語詢問，他的音量非常輕柔，與平常張狂的模樣毫不相襯。

全身疼痛非凡的黃天佑再也沒力氣回答巫覡明的問題，只能兩眼發直看著對方，試圖用眼神說話。

「『能齋肅事神明者，在男曰覡，在女曰巫』」巫覡明忽然念出一段古文，「漢語中把有超常能力的人稱作巫覡。你不是問我如何解決那頭飛天肥豬？我現在就表演給你看。」

巫覡明雙手張開，以非常柔美的動作畫了圓形，他的姿態莊嚴肅穆，右腳抬起以單腳站立，上身伸展，頭顱微仰，彷彿沐浴在月光，以最崇敬的心態感謝天地。

因為黃天佑是趴在地上，視線受阻，他無法將巫覡明的動作全部收進眼中，但他真的覺得巫覡明的動作十分神聖，彷彿祭天的舞蹈，巫覡明帶來的舞比起他看過的任何舞蹈更令人印象深刻。

在黃天佑忘記疼痛陶醉在巫覡明的表演時，他嗅到一股奇異的味道，這股味道他在車內同樣聞過，他說不出這是什麼氣味，無法以香臭區分，但這股氣味讓他非常熟悉，黃天佑總覺得自己在哪聞過。

黃天佑的餘光看到死在椅子上的王發突然顫動，接著以驚人的力量掙脫束縛四肢的麻繩。血人搖搖晃晃站起身，肩膀垮到不合人體工學，枯瘦的四肢不停顫抖。

「我的能力之一是召靈。王猛覺得這裡是他的主場，對我又何嘗不是？」

黃天佑突然想起來這股氣味究竟在哪聞過，在他工作的時候。這股氣味不是屍臭，更不是藥水味，而是扎扎實實屬於死亡的味道。

「我想你的兄弟王發應該有很多話想跟你說，他離開沒多久，我順勢把他召回來，你們兄弟倆好生長談呀！」巫覡明手指血人，同王猛道。

血人是超自然的存在，步伐再緩慢也能帶來超乎常人心理能承受的壓迫感。王猛不斷後退，最後他咬緊牙關，呼喚出蠱蟲。

書房四周的瓶瓶罐罐瞬刻傾倒，烏黑的毒蠍雄蜂傾巢而出，悉數撲向血人。

血人死而復生，他對蠱毒毫無畏懼，即使血肉全被蠱蟲覆蓋，他依舊踩著遲緩步伐朝王猛走去。王猛見情況不對，正打算掉頭閃人，卻在那刻猛然察覺什麼人扣住了上臂，令他無法動彈。

王猛恐懼地回頭往後方查看，霧白色人影自王猛背後以雙臂死死鎖住他，那張臉他看得模糊，只能依稀感覺是張屬於老者的臉。

「高、高宏盛前輩！」臉盲的黃天佑率先認出白影的真面目。

「你害死了他的嫡弟子，我想高老前輩應該也有很多話想跟你說，就順道把他叫了過來。我的貼心服務不額外收費，你安心收下吧。」巫覡明淡然道。

「不、不可能，這世界上不可能有鬼，不可能有鬼！」

被高宏盛的鬼魂扣住的王猛死命掙扎，步伐蹣跚的血人總算走到王猛面前，他張嘴咬上雙胞胎兄弟的頸動脈。

鮮血噴發，王猛雙目圓睜。他豢養的蠱蟲不知是想幫忙止血，還是打算趁主人乏力時反撲？毒蠍群自血人身上蔓延到王猛身上，前仆後繼往傷口爬去。蠱蟲密密麻麻佈滿王猛全身，他無力掙脫，以極其詭異的姿勢仰倒，身軀重重摔在地上，再也無法動彈。

血人同樣倒地，幽白色鬼影從腥紅軀殼湧現，高宏盛的鬼魂牽起鬼影的手，鬼影有著與王猛如出一轍的五官，他哀戚望著死不瞑目的兄弟，與高宏盛的鬼魂一併消散。

巫覡明劃開手腕，將鮮血灑向退離王猛屍體正打算往黃天佑方向奔來的蟲蟲。巫覡明的血液制服毒蟲，牠們不再前進，紛紛捲曲死去。

黃天佑強忍關節疼痛，掙扎爬起。死相淒厲的王猛與體無完膚的血人糾纏一塊，扭曲到令人駭然的兩具遺體擁有彼此回到還在母胎的原始狀態，兄弟倆再也不分離。

「死了……都死了……」黃天佑喃喃。

巫覡明瞥了他一眼：「這世上每天都有死人，不用大驚小怪。」

「阿覡！你講這話很冷血！」

「當你每天都能聽到死者的聲音，」巫覡明冷冷回應，「你就會習慣，更不會覺得死人是多麼稀奇的存在。」

語畢，巫覡明不再理會黃天佑，自顧自拿出手機撥打電話找上廖局長，他沒多說什麼，但對方似乎了然於心，表示會盡快派遣警力封鎖現場。

九

廖局長與巫家關係頗深，不是初次見到光怪陸離案件，他讓幾位信得過的同仁處理現場，其中自然包括黃華剛。

黃天佑被欽點為屍檢負責人，當他解剖王發血肉模糊的遺體時，他幾乎必須忍住不斷湧上的淚水才有辦法完成工作。

在事情大抵告一個段落後，黃天佑才有心力好好反省自己的口不擇言。他其實有些後悔當天對巫覡明說重話，他只是情緒上來感性發言，卻沒站在巫覡明的立場思考。

巫家天賦異稟，若是真能見著死去的故人、能與鬼魂溝通，巫覡明的冷血便不是不能理解，但要黃天佑主動向巫覡明賠不是，他又心有不甘。

天人交戰的黃天佑最後還是請了特休，趁大清早便去排隊買團購美食，來自香港的知名蛋塔。他不惜血本買上一大盒，再開車上陽明山，打算用美食向巫覡明做無言賠罪。

巫覡明萬年足不出戶，這回自然也在家。他本不想放黃天佑進入巫山館，看在美食份上，勉強同意對方進入屋內。

青姨識相，趕忙泡上一壺好茶，伺候兩個男人享用美食，暗自期盼自家少爺別再生悶氣。

巫覡明嘴叼，黃天佑苦心選購的蛋塔獲得他讚賞，話匣子逐漸打開，兩個男人也開始有一話沒一話閒聊。

「這年頭，蠱師還真不常見，王發也真是衰到家。」

「你說蠱師不常見，那你遇過幾個？」

「該吃銀杏的黃天佑，」巫覡明嘲諷，「我不是說過了嗎？兩個！五歲的時候一個，今年又一個！」

巫覡明的話讓黃天佑回憶起在對付混沌時，巫覡明曾趾高氣昂炫耀自己五歲就能應付蠱師。

巫覡明想起自己還未向恩師稟報事件結局，毫無東道主心態地留下黃天佑獨自在客廳發呆，自顧自上樓找電腦視訊。

趁著巫覡明上樓，黃天佑神祕兮兮攬了青姨到角落咬耳朵，決定透過巫家老僕探聽巫覡明的童年往事。

「青姨，妳從阿覡幾歲開始待在巫家幫忙呀？」

「黃先生，我從少爺還沒出生就待在巫山館了。」

果真是老資格，老資格最能挖出八卦。黃天佑欣喜想著。

「青姨，阿覡說他五歲就能打贏蠱師，這是真的還是他吹牛呀？」

「少爺五歲時？那是……」

青姨眼神一沉，娓娓道來一段巫覡明不可能說出口的往事。

巫家世代保守，然而這良好傳統到了巫覡明的父親巫覡峰這代變調，年輕時的巫覡峰儼然花孔雀在世，他積極社交，舉辦派對，結識政商名流黑白兩道，巫家的神祕性在他這代蕩然無存。

而後，巫覡峰在宴會上結識日後的髮妻。

巫覡峰無比困擾，自從邂逅愛妻，其餘女人再也入不了他的眼，然而巫家祖訓在上不得違背，巫覡峰陷入裡外不是人的窘局。

巫家祖訓，巫家後代承襲巫氏者，享受一切資源，不干涉發展，唯獨必須遵守一件事——繁衍後代，巫家後人有使命延續巫家血脈。

巫氏一族始於上古時代，一開始他們並非血親，只是群居的能人異士。凡人稱他們為「巫」，最後在諸多巧合下，這群人捨棄原本姓氏以巫氏自居，成立同姓氏族。

巫家人能召靈，故稱巫覡。巫家的血隨著時代變遷越漸稀薄，不見得所有巫家人都具備異能，巫覡峰的父親巫藍便因為沒有異能而無法冠上覡字。

誕下異子容易折損母體，巫覡峰原本的如意算盤是隨便找一名女子成親，生兒育女交差了事，卻沒想到在達成祖上吩咐的任務前，一眼千年，先邂逅了珍愛一世的女子。女子說服巫覡峰，如今巫家人口凋零，異能者並非多數，說不定上天待他們不薄，他們的子嗣只是平凡人。

為了心愛的女人，巫覡峰與其他為人父者相異，他發自內心期盼自己的兒子無比平庸。可惜造化弄人，巫覡明的特別即使放眼巫氏全族歷史也能拔得頭籌。

巫覡峰的妻子在懷上巫覡明後，身子愈發虛弱，最後氣血透支，巫覡明是在死去的母體內被醫生強行剖腹取出。

稚子無辜，巫覡峰從未怪過巫覡明，但他也著實不知道該如何與奪走心愛妻子的兒子相處。巫覡峰讓巫覡明從小待在托兒所，用盡所有資源使他獲得最好教育，唯獨不願意與獨子多加接觸。

巫覡明相貌清秀可愛，小時候陰陽顛倒，總讓人以為是嬌滴滴的女孩了，在他稚嫩可人的外表下，因為父親冷漠的相處模式，令巫覡明早熟又伶俐，雖然外表看不出來，實際上已有未來一代魔王的徵兆。

五歲那年，巫覡明趁青姨因為塞車晚來，決定自己走路回家。巫覡明人小鬼大，記憶力甚佳，複雜的返家路線無一出錯，唯一的錯出在他再怎麼古靈精怪，也沒料想到有人覬覦他巫家血脈。

再也沒有比蠱師更記仇的人。

蠱乃萬毒的集合體，人心的毒更是蠱師賴以維生的必備之物。找上巫覡明的蠱師叫夏維，苗疆人，是血統純正的蠱師。得罪夏維的是巫家先祖，受巫家先祖得罪的還是夏維先祖的偏房！偏房與夏維素昧平生，嚴格說來這仇實在結得遠，不報也不失尊嚴。

夏維記仇，只要與夏家沾上邊，就是他不得不報的仇人！夏維一路從苗疆搜尋巫家線索來到台灣。喪失愛妻後，巫覡峰深居簡出，巫覡峰身懷何種異能夏維不得而知，因此夏維將復仇對象放在年僅五歲的巫覡明身上。

想從巫家心儀的雙語幼稚園回到位於陽明山的別墅需要轉幾趟公車，巫覡明就在公車站被夏維神不知鬼不覺帶走。並非巫覡明年幼不懂得防範生人，而是夏維使用的蠱毒連成年大象都能迷暈，遑論稚齡幼童。

當巫覡明再次醒來，他發現自己被綁在椅子上，人則是被關在像荒廢鐵皮屋的地方，腳下地板泥濘不堪，窗框上纏繞乾枯藤蔓，一副久未有人居住的模樣。

夏維相貌猥瑣，表面看來動手比動腦快，實際上是名攻於心計的宵小之輩。

巫覡明沒問對方是誰，只是用雪亮眼睛望著蜷伏在夏維身邊的眾多毒蟲。蠱師百百種，陰錯陽差盯上黃天佑的王猛專長是迷情蠱，夏維同樣專精此道，但比起王猛對蠱蟲的支配力，夏維還不及十分之一。

「小鬼，別怪我，你家上輩得罪我夏家，無奈他已作古，我只好拿你開刀。」夏維的話略帶口音，巫覡明聽得似懂非懂。

宛如要強化自己話中的威脅性，夏維以眼神示意，毒蠍、蟾蜍、黑蛇，窸窸窣窣來到巫覡明身邊，順著椅子與他的身體爬到頸邊。巫覡明雪白的肌膚與嶄新的白襯衫多了斑斑黑點，全是數以難計的毒物。

「我會讓你中上無法解除的蠱毒，令你全身青紫發腫，再將你送回巫家。」

夏維笑了，橫跨臉上的刀疤變得更加猙獰。

巫覡明不懂什麼叫「蠱毒」，但他聽得懂「無法解除」四個字，他雖年幼，卻也是個愛美的小孩，壓根不想讓自己看來腫脹難看。巫覡明不肯定自己的父親會不會來救自己，又或者其他人什麼時候才找得到他，巫覡明明白眼下只有自救。

青姨從小對巫覡明耳提面命，告誡巫覡明他的血液極其特殊，巫覡明的小腦袋轉呀轉，當下決定以自損的方式保命。

他大力咬破下唇，鮮血滴落的同時，毒蟲倏地退散。

夏維沉浸在勝利氛圍，無暇發現蠱蟲異狀，巫覡明知道自己要把握這個逃生先機。

「笨叔叔！你以為抓到我就能威脅我爸爸嗎？爸爸比你厲害多了！」

巫覡明用力撐起身子，連人帶椅不斷跳動，他的大動作使蠱蟲的退散變得合理。

「死小鬼，給我坐好！」心疼蠱蟲的夏維青筋畢露。

「我偏不！你能拿我怎樣！」巫覡明盡量將自己飾演成驕縱不受控的熊孩子。

夏維賞了巫覡明一個耳光，巫覡明連同椅子往另一頭飛去。辛辣的疼痛使巫覡明昏昏沉沉，但他知道為了脫困，他的把戲遠遠不夠，他必須維持住自己的意識。

「叔叔你真的很遜，你該不會只會打人吧？」巫覡明學著幼稚園園長，露出挑釁的討厭微笑。

咬牙切齒的夏維抽出瑞士刀：「爺爺會讓你知道，我究竟遜不遜。」

當瑞士刀沒入巫覡明肩頰骨時，年幼的他真的痛到差點昏倒。

鮮血源源不絕湧出，夏維趾高氣昂的從上往下俯瞰巫覡明，巫覡明知道自己必須以絕佳演技騙過對方。

毒蟲散退，夏維沉浸在勝利喜悅毫無知覺，巫覡明咬牙，接著皺起小臉，以如泣如訴的虛弱聲音搭配淚水仰頭望向夏維。

「叔叔，好痛，真的好痛！對不起，我不會再亂說話！」

當時年僅五歲的巫覡明皮膚白皙，臉頰自帶紅暈，烏黑的眼睛又大又圓，是個宛如天使的可愛孩子。夏維無後，見著哭著道歉的巫覡明自然放下戒心。

「叔叔……可以幫我包紮傷口嗎？好痛，真的很痛！手手綁著，傷口好疼。」

夏維心想不幫巫覡明包紮，或許他真的捱不過，索性鬆開麻繩，先幫巫覡明止血要緊。

巫覡明順從地讓夏維解開繩索，當他任由夏維攙扶離開椅子的同時，巫覡明知道要保住自己小命的自救關鍵就在這一刻！

巫覡明飛快轉身用力抱住夏維，盡可能將自己的血抹在夏維赤裸在外的皮膚。夏維雖然不解巫覡明的舉動，見對方只是受傷發抖的小孩，也沒想太多，任由巫覡明抱著。

當鮮血擦上夏維皮膚的那刻，巫覡明知道自己有救了，一陣無力，他雙腳一軟跪倒在地。

夏維下意識想拉起巫覡明，然而皮膚的劇烈刺痛使他不得不低頭查看，這一看令夏維驚慌，巫覡明的血宛如強酸，以極快速度腐蝕他的血肉。夏維無暇教訓巫覡明，他心急地想抹去血汙。毒血猶如迅雷飛快侵蝕夏維，皮膚消失，鮮血噴發，微黃的骨頭、脂肪一一露出……。無法忍受的疼痛讓夏維瘋狂顫抖。蠱師以自己的鮮血豢養蠱蟲，夏維因為疼痛喪失對蠱蟲的控制力，蠱蟲排山倒海往他撲來，想在主人離開人世前再嚐一口鮮血。夏維全身被漆黑蠱蟲包圍，巫覡明的血依然侵蝕著他，他只能拚死打滾。

巫覡明望著被蠱蟲包圍成黑色人蛹的夏維，視線一黑，昏死過去。

「後來廖局長帶著峰老爺找到明少爺，少爺失血過多，養了好久才恢復健康。」青姨結束話題，巫覡明口中「五歲幹掉蠱師」的豐功偉業不再是謎團，解惑的黃天佑卻高興不起來。

巫覡明終於回到座位，青姨早一溜煙回去廚房幫忙，見著黃天佑神情有異，不明所以的巫覡明挑眉望向對方。

「我、我只是想說還沒好好跟你謝謝。阿覡，要不是有你，我早就死了。」黃天佑趕忙轉移巫覡明注意力。

黃天佑知道這輩子他是忘不了王發的恐怖死態了！如果巫覡明沒有從中阻止，自己一定也會變得跟他一樣，基於這點，他實在該好好感謝巫覡明。

巫覡明笑得邪惡：「好說！我們不是利益交換嗎？」

「我們交換什麼？」黃天佑疑惑反問。

「你不是答應我，要介紹女朋友給我？」

「得了吧！我自己都還是光棍呢！」黃天佑失聲哀號。

第一章：消失的遺體　完

第二章：龍生九子

—

在消失的遺體真相水落石出、王猛就地正法、與巫覡明的心結解開後，黃天佑閒來無事便跑去巫山館串門子。

黃天佑絕對不承認一切源於單身狗寂寞空虛覺得冷附加從事法醫工作讓旁人避之唯恐不及使得他連個朋友也沒有，更不會承認他近來發現自己似乎帶著嚴重M屬性沒讓巫覡明損兩句就覺得渾身不暢快。

「只是繡球花祭結束，陽明山交通順暢，跑山愉快順便到巫山館而已。」黃天佑如此說服自己。

巫覡明比黃天佑這名響噹噹的邊緣人更具備宅屬性，十次突然拜訪有九次都能見到他，剩下那一次可能是巫覡明還沒起床！反正巫山館佔地廣、風景秀麗、巫家家財萬貫，巫覡明是廣義狹義都能百分百認可具備高顏值的富二代，想倒追還是認乾哥乾爸的小女孩應該可以從仰德大道一路排上巫山館，若非黃天佑確定對方迄今依舊孤家寡人，他幾乎想去訂做一面匾額，大大刻上「單身聯盟叛徒」。

連自稱邊緣人的某How都能結婚了，世界上還有公平正義可言嗎？黃天佑悲情地停好車，按下巫山館的門鈴。

開門的萬年無例外是青姨，往昔青姨總是熱情迎接黃天佑的到來，這回青姨的表情卻略帶錯愕。

「黃、黃先生？」

「青姨，我來找阿覡。」

「明少爺出門了，不在家。」

黃天佑聽見震耳欲聾的爆炸聲在耳中響起。萬年宅巫覡明外出了？陽明山要火山噴發還是巫覡明正在家裡做征服台灣的準備以至於讓青姨過來虛晃兩招？

「青姨，我跟妳確認一下『外出』的意思……」

「……黃先生，我有專科學歷。」

※　※

要巫覡明出門，他簡直有八百個不情願，就算今天陽明山火山噴發，他也會躲到巫山館的地下室，依舊足不出戶。

巫覡明不願意離開巫山館自有理由，巫家能聽見死者聲音的能力時時困擾他，離開佈滿結界的巫山館，死者的聲音立刻排山倒海撲向他，惱得巫覡明心浮氣躁。

他總覺得自己的存在消磨在數以難計的陌生意志中，不屬於活人的聲音此起彼落，他誠如溺水者，肺部受壓力擠壓，肌膚感到無以名狀的強烈力道黏貼著他，巫覡明心裡其實極度惶恐，他深怕失去自己仍存在的實體感。

巫覡明調勻呼吸，試著讓體內的氣息反向運轉，改變真氣固有的行徑帶來的痛楚巨大無比，卻能妥善壓制他召靈的異能。巫覡明揉著太陽穴，聲音果然變小了。

「叫我出來最好有好理由，不然我就掀翻她的公寓。」巫覡明狠狠想著。

為了防範死者的聲音干擾心緒，巫覡明身上長年備有法器，法器可以稍微控制他的異能力，無奈那天與王猛的對決為了召喚王發與高宏盛的靈魂，巫覡明主動破壞法器。目前法器轉交由他的恩師修復，現在身無法器的他光是出門就如履薄冰。

在巫覡明塞車塞到差點想利用超自然方法開道後，他終於抵達淡水新市鎮。能請動巫覡明的人大有來頭，同樣是巫家後人——巫覡芊，巫覡明的親姑姑，同時也是巫覡明的父親巫覡峰不願意撫養獨子下，一手為巫覡明把屎把尿帶大的女人。

警衛通報巫覡芊後，帶著感應扣替巫覡明開了電梯，他沉默直上十樓。

一名儀態端莊、氣質優雅的中年女性靠在鐵門靜候巫覡明到來。

「阿明，你來啦！快進來！」巫覡芊熱情招待。

巫覡明翻了白眼：「姑姑，能不要叫我阿明嗎？很難聽。」
「但我們都是巫覡，巫家一堆阿覡！我喊了阿覡，回應我的沒有成千也有上百。」
「我都不知道我們巫家什麼時候香火鼎盛，繼承異能的有這麼多人。」
巫覡明沒好氣跟著巫覡芊進入屋內。
巫覡芊年過四十，未婚，獨居的她崇尚精簡，屋內擺設全符合現代人的快時尚氛圍，不張揚、不奢華，所有東西都恰到好處，算是都會新女性偏好的裝潢。可惜巫覡明的審美觀顯然與姑姑不同，巫山館的裝潢以巴洛克風格規劃，奢華是唯一設計準則，使得巫覡明每每到巫覡芊家便渾身不自在。
「好了，今天特別把我叫來打算做什麼？」巫覡明不跟自家姑姑客套，單刀直入詢問。
巫覡明與巫覡芊關係親密，在巫覡峰因故疏離自家兒子，就屬這位姑姑與他最為親膩。在那段巫覡峰與巫覡明相處尷尬、不得父愛的階段，巫覡芊排除眾議盡力幫助年幼的巫覡明，使得巫覡明對這位姑姑始終留有一絲尊重。
「巫家祖訓是傳承，我想你也到適婚年齡，巫家血脈又越來越薄弱，所以我認為讓阿萌與你成親是在好不過的選擇。」
巫覡明額角青筋明顯跳了一下。
「巫覡萌？」
「正是。」巫覡芊極力推薦姪女，「你們屬於旁系血親，嚴格算六等親，生小孩不會有基因或倫理問題，你們兩個都是巫家能冠上覡字的異人，你們成親更能鞏固巫家式微的異能力。阿萌是巫家人，知道巫家女人生育後代可能發生的問題，你不需要有壓力。」

巫覡明直盯著巫覡芊，態度不明，不表達任何意見。巫覡芊更加著急，繼續推薦。

「阿明，我們巫家人男俊女美，阿萌又多才多藝，興趣繁多，我看你一人在巫山館生活也悶，有她在你絕對不會無聊。」

這話讓巫覡明再也無法保持沉默，他嘴角抽搐。

「興趣繁多？姑姑妳是指抽菸酗酒聚賭嚼檳榔嗎？」

「這……廣義來說也算興趣嘛！」巫覡芊自知理虧，乾笑打太極。

巫覡明對這位遠房堂妹印象深刻，他活到這年紀還沒看過女生穿汗衫與夾腳拖蹲在路邊抽菸順便吐出一口檳榔汁。

而巫覡萌就是那萬千選一的一個。

「姑姑，妳這輩子坑我這麼多，休想再騙我。」

「天地良心，我也沒怎麼騙過你啊……」

巫覡明拍桌，倏地起身：「沒騙過？妳不就趁我年紀小不懂事，教了我一堆女人跳的舞蹈？害我現在召靈的時候，動作怎樣都改不了！」

有隱性腐女屬性的巫覡芊在看到當年如洋娃娃可愛的巫覡明後，立刻決定讓他玩的、學的，全是為女孩子量身打造，使得巫覡明成年後對巫覡芊的各種決定仍不免陷入先拒絕再思考，思考後九成九仍是拒絕的模式。

巫覡芊嘆口氣：「好吧！我們先結束這話題，我這回請你來還有別的事情要麻煩你。」

「跟巫覡萌有關的，我一概不接。」

「很遺憾，還真的跟阿萌有關，但你不得不接。」

巫覡芊起身到書櫃抽出一只牛皮紙信封，她將信封交給巫覡明，巫覡明納悶地抽出裡頭的文件，那是一張頭部的X光照片。

「前些日子，阿萌一直覺得頭痛，我找了熟悉的醫生為她做了健康檢查，你手上那張就是當時拍的X光片。」

一般的X光照片，拍攝到腦的部分應該是一層大致均勻的陰影，如今巫覡明手上的X光片，腦部陰影卻呈現某種奇怪的圖騰。

「你覺得這像什麼？」

巫覡明瞇著雙眼，反覆將X光片拿近又拿遠，最後他看出門道，失聲驚呼。

「這是……龍？腦裡寄宿了龍？」

二

黃天佑是個非常質樸的男人，常常是一套襯衫加上毛線背心四季不分的宅男造型，但他現在深深後悔過去對於時尚的輕視與不在意，他多希望自己身上有幾枚純銀耳針或者純銀戒指之類的飾品。

巫覡明請他吃飯？而且是在巫山館以外吃飯？這種神奇經驗讓黃天佑不由得嚴正懷疑飯菜有毒，比起大快朵頤，他更想拿銀針一盤盤檢查。

「吃，不然要我餵你嗎？我餵可以，我會用餵豬的方式餵食。」望著僵在餐盤前的黃天佑，巫覡明冷冷道。

「阿覡，你今天為什麼要請我吃飯？」識時務者為俊傑，黃天佑立即使用刀叉。

「有事情要你幫忙。」

巫覡明何許人也，居然會開口請他幫忙？黃天佑感到飄飄然，下一秒脫韁理智回歸，他從天堂摔回地面，巫覡明遇到需要旁人幫忙的事情？那百分之百不會是常人願意幫忙的事！

黃天佑立即搖頭：「阿、阿覡，我笨手笨腳應該幫……」

「我只是要你陪我去見一個人，不是別的什麼人，巫覡萌，我的遠房堂妹。我都陪你去見黃花崗了，你陪我去見個堂妹不為過吧？」巫覡明截斷黃天佑的拒絕。

「堂妹？」巫覡明的答案平凡到令黃天佑不敢置信。

「對，堂妹。」

「巫家是……不，巫家人很多嗎？」

「其實巫家剩下的族人不多。」巫覡明皺眉，「巫家曾一度式微到必須與外族聯姻，讓他們通過考驗、捨棄原本姓氏納入巫氏一族，所以現在的巫家人，就算同姓，也不見得真的有血緣關係。」

「那你跟這個遠房堂妹熟嗎？」

「……堂妹雙親亡故，從小就讓姑姑撫養，所以我們小時候見面的次數不少。」

在國中後，堂妹巫覡萌便被巫覡芊送出國，回來後女大十八變，往昔可愛天真的模樣不在，麻將橋牌倒是打得嚇嚇叫。巫覡明揉著頭默默回想。

巫覡明不知道的是對巫覡芊而言，她也沒料到原本可愛到像女生的巫覡明長大會脫胎換骨變成一代魔王。

「總之我要你幫忙，沒有打算徵詢你的同意，你吃飽喝足就當最後一餐乖乖跟我走就是了。」巫覡明托著腮幫子，惡劣微笑。

宛如巫家跑腿小弟的黃天佑在導航帶領下，心不甘情不願地開車抵達新莊一處工地；這處建案地基打得深，基地寬敞，橫豎看都是豪宅形式。

「天星建設公司？巫覡萌搞建築的？」看著圍牆上的建商名稱，巫覡明不禁脫口。

「……這是黑道開的。」黃天佑諾諾道。

「黑道？你怎麼知道？」

「半年前我們那有一具是從這裡抬回去的，刺龍刺鳳還砍得刀刀見骨。」黃天佑雙手一攤。

「這倒是很符合巫覡萌的風格。」巫覡明自言自語。

黃天佑停好車，巫覡明領頭往工地警衛室前進。警衛是一名白髮蒼蒼、面色紅潤的小老頭，巫覡明向對方表明來意，警衛揚起詭異的微笑。

「阿萌在那邊。」警衛遙指工地遠方。

「我們可以直接進去？外人不是不能隨便進入工地？我們要戴安全帽什麼的嗎？」黃天佑搗著頭。

「現在停工啦！我們沒這麼嚴，如果你不小心被鋼筋梁柱打到，我會說你們是私自擅闖！安啦！」警衛揮揮手。

安啦？黃天佑覺得自己變成小丸子的人物畫風，臉上滿滿三條黑線，從左邊畫到右邊，從上面畫到下面，直直橫橫，黑線交叉成為格子，只差讓巫覡明填上數字，兩人玩起賓果。
巫覡明從容往工地深處逕自走去，黃天佑小媳婦似地緊緊尾隨。隨著他倆深入工地，物體敲擊的碰撞聲愈大。
「阿覡，警衛不是說停工了嗎？怎麼還有聲音？」
黃天佑想不起在哪裡聽過這種聲音，硬物敲擊聲又不似工地的施工聲，但他著實想不出工地除了施工的聲音外還能有什麼聲音。
「你看到就知道。」巫覡明咬牙切齒道。
兩人總算抵達聲源，那是工地最深處，一處搭著帆布帳篷的工人休息區。台灣人、皮膚黝黑的移工全圍成圈，四人在中間，其他人在外圍，裡頭的四人正在打麻將。
「碰！胡啦！」
四人中，有一名年紀明顯比較年輕的女性。她相貌清秀，外貌頗像清瘦版的劉亦菲。女人穿著黑色背心，豪邁蹲著，以M字腿的姿態打著麻將，她一手叼菸，腳下還放著喝到一半的台啤。
「巫覡萌。」巫覡明表情難看對女人喊著。
女人聽到巫覡明的聲音才不情願從麻將轉移視線，見著巫覡明與黃天佑，她的臉上寫滿錯愕。
「巫覡明？你來這做什麼？」

在場工人聽見兩人相似的名字，視線全部從麻將移開，轉而看往巫覡明。
「阿萌，這妳的誰？少年郎長得夠俊唷！」
「欸，認識帥哥還裝單身！」
「阿萌，你們名字那麼像，你們是兄妹嗎？」
「我們才不是兄妹，我是他的……」巫覡萌搶先發話。
「堂妹。」巫覡明道。
「堂姊。」巫覡萌道。
巫覡明和巫覡萌口徑不一致接話。
「呃……請問你們到底誰比較大？」黃天佑被搞糊塗了。
「我們同年出生，我比他早迸出來，理所當然我是堂姊。只是姑姑糊塗，晚報戶口，我的身分證的出生日期不太正確罷了。」
「法治時代，大家認得是白紙黑字的憑依。妳上頭的出生日期就是排在我後面，我叫妳一聲『堂妹』合情合理。」巫覡明笑得奸巧。
黃天佑幾乎可以從兩位巫家人的視線中看到火花紛飛。
「巫覡萌，我有事找妳，妳是要我在這裡直接跟妳把事了結嗎？」
「各位！今天打到這唷！欠我的自己記得！我先走一步。」巫覡萌起身，拍拍臀部的灰塵，大辣辣將香菸插進喝剩的台啤，手一揮，明目張膽翹班。

三

巫覡萌哼著歌，帶著巫覡明與黃天佑離開工地，離開前還不忘跟警衛打了手勢。

「可、可以這樣直接離開嗎？」黃天佑震驚巫覡萌可以不管工作直接走人。

「建設公司被人檢舉早停工了！現在開工會罰死老闆，蹺班才是為老闆著想。」巫覡萌大言不慚道。

黃天佑以為警衛口中的「停工」只是中午休息，沒想到是真的「停工」了。

巫覡明帶著兩位大男人來到員工宿舍，宿舍地點是建案旁的老舊公寓，老舊程度讓黃天佑不由得想起王發的老公寓，血的腥臭以及群蟲鼓動翅膀與爬行的聲音幻影似浮現，他打了寒顫。

「沒料到你們會來，沒整理，自己找空地坐唷。」

巫覡萌指著堆滿髒衣服的客廳，黃天佑覺得自己並非是一個特別有潔癖的人，然而就連大而化之的他面對這樣的房間也不得不退避三舍。唯一慶幸的是巫覡萌是個老菸槍，導致房間內煙味過盛，將其他可能有的可怕氣味完美掩蓋。

頭一回覺得菸味真棒，黃天佑哭喪著臉想著。

巫覡明沒在客氣，大腳一踹將成山成堆的衣服踢向一旁，硬是把久未接待客人的沙發騰出空位。他眉頭深鎖一屁股坐下，雙手環胸，心有怨懟地瞧著巫覡萌。

「堂弟，你再這樣看著我，我都要被你盯出兩個洞了。」

「堂妹，我們省了廢話直接進入正題，片子在哪裡？妳給姑姑的是副本吧？」

巫覡萌露出恍然大悟的表情：「是姑姑找你來的？我還想說你怎麼心血來潮會想找我麻煩。」

「我吃飽太閒也會再找宵夜吃，寧願吃到死也要能閃多遠就閃多遠。」巫覡明恨恨補上一句。

巫覡萌吃力鑽進另一堆髒衣服中，像考古學家探尋地底化石，努力挖掘，最後終於撈出皺皺的紙袋。巫覡明接獲紙袋，掏出X光片，在原片裡，巫覡萌腦中龍的殘影清晰度更勝在巫覡芊家看到的。

「這……腦的顯影怎麼會是這樣？」黃天佑湊過頭訝異道。

「可能因為腦洞太大，拍起來就長這樣。」

「堂弟，你是不是想打架？」

「堂妹，需不需要我提醒妳，在巫家沒有人打架贏得過我。」

兩人間的氣氛劍拔弩張，危機一觸即發！在場唯一的正常人黃天佑咬牙介入兩人中間，舉起雙手勸架。

「你、你們等等！你們兩個姓巫的打起來，屋子沒被拆也半毀，為其他鄰居想想好嗎？」

黃天佑隱藏的心聲是——為我想想好嗎？我手腳不俐落，體育永遠得甲，你們打起來我往哪裡逃？

巫覡萌輕咳數聲：「所以你打算怎麼處理？剖開我的腦子查看裡頭有沒有龍嗎？請！」

巫覡萌倒往另一堆衣服，雙手敞開大方做出請的姿勢。

「黃天佑，這是你最拿手的！剖開阿萌腦袋的任務就交給你了。」巫覡明向黃天佑豎起拇指。

「這就是你帶我來的理由？等等，我是常切東西，但我切的是死人不是活人呀！」

「那我先把她弄死，你就沒有技術上的問題了吧？」巫覡明活動指關節，喀啦喀啦的聲音讓人不寒而慄。

「大爺呀！你別折煞我了！」黃天佑感到三觀崩潰，脫口的話莫名變成古裝劇台詞。

差點發生的人倫悲劇在黃天佑賣力的一哭二鬧三上吊下結束，兩位巫家異人總算願意老實坐下來擬訂計畫。

「不如妳先說說最近妳幹了什麼事？」巫覡明面部神經依然抽搐。

「還能做什麼？就每天到工地監工，打打牌，沒做什麼特別的事。上個月我喝過頭，宿醉醒來頭仍然很痛。我的酒量你知道，一來不會醉，二來更不可能宿醉，誰料到兩件都被我搭上。頭痛了兩天，姑姑便帶我去熟悉的醫生那看了看，片子拍出來就這樣。」

黃天佑對巫家人的異能一知半解，他憑著普通人的常識抽絲剝繭。他想起自己莫名攤上王猛，或許巫覡萌也在不知不覺間招惹了能人異士。

「還是說……巫小姐跟我一樣，莫名惹到誰？或者說巫家得罪過的蠱師後裔又來找碴？」

「不太可能。在巫家，因為我的能力我還蠻能識人，不會像巫覡明這種討厭鬼動不動招惹到誰。再者，蠱師也不是便利商店，閉著眼睛都能遇到。」巫覡萌搖搖頭。

「也許只是妳賭博贏太多，賭客不爽想給妳下點馬威。」巫覡明斜眼看著巫覡萌。

兩位堂兄妹（姊弟）的相處一直處於某種微妙狀態，他們是冤家確實不假，但若真是老死不相往來的仇恨關係，巫覡明大可不必特意前來幫助巫覡萌。黃天佑覺得自己像霧裡看花，最慘的是他根本不想看到那朵花，純粹是被巫覡明壓來這團霧裡，想走還走不了。

「巫……巫小姐是賭王嗎？」黃天佑決定岔開話題，替兩位巫家人建立友好的橋樑。

一聽到話題轉往賭博，巫覡萌整個樂了！她急急忙忙從雜物堆中抓找出麻將。

「巫小姐，我們三缺一打不起來的！」黃天佑驚叫。

「誰要跟你們打啦！來，隨便撈一張！別讓我看到！」巫覡萌喜孜孜將整盒麻將遞給黃天佑。

黃天佑不明所以，礙於巫家人氣勢太盛，只能照著巫覡萌的話隨手拿了一張牌。

「東風。再換一張。」巫覡萌閉著眼睛，準確說出黃天佑手上的麻將花色。

黃天佑大感驚訝，接連拿出幾只麻將，沒想到巫覡萌沒有一次猜錯！

「巫小姐是賭神嗎？」黃天佑想了半天，只擠出一句沒營養的問句。

「她這種人是神，我看菩薩都會撩起裙角把她踹回凡間。」巫覡明不屑道，「她的能力是煉器，所有器物她都能透過自己的能力讀出，你就算把牌蓋著，上頭的花紋她也能讀出個大概。」

巫家人能承襲「覡」字者，首要條件就是「召靈」，能呼喚靈魂者方可取名「巫覡」。然而在這群異人中，能力漸漸產生高下分歧；好比巫覡明除了能召靈外，他的血液更成為劇毒，巫覡萌則是另外發展出「煉器」的天賦。

煉器是一種隨著時代演變逐漸被輕視的技能。往昔的煉器師，以自身能力造就凡人難以想像的器具，可惜時光荏苒，科技日新月異，許多過往靠煉器才能出現的珍奇異寶，現在只消運用科技就能辦到。

「好比古代煉器師造出飛行器，但現在人有飛機，所以煉器師的飛行器便變得不足掛齒。」巫覡明解釋。

「可是……我懂得巫家人的共同異能是召靈，煉器跟召靈有什麼關係？」

黃天佑無法將巫家人千奇百怪的異能理出一條脈絡。

「人有靈，物也有靈，我能聽見器靈的聲音。」巫覡萌善意提點黃天佑。

「這還是說不通呀！若說巫小姐煉器的天賦是源於聽得見器靈的聲音，跟『靈』多少還是有關，但是阿覡的血跟靈一點關係也沒有呀。」黃天佑不解道。

霎時間兩位巫家人緘默，氣氛詭譎，黃天佑幾乎為這種怪異的轉變嚇得不知如何是好。

「聽得見器靈，還把房間弄得這麼凌亂，那些器靈怎麼沒跟妳打二十四小時抱怨專線？」巫覡明轉換話題。

「所以我讓它們通通閉嘴別吵我。」巫覡萌得意洋洋，「真有心思抱怨不如幫我收拾乾淨。」

「那個……我還有疑問。」黃天佑舉起手，他的發言換來兩位巫家人陰狠的目光。

「我……我只是好奇……龍不是瑞獸嗎？為什麼會跑到巫小姐的腦中？」

巫覡明總笑話黃天佑是個沒有文化的人，確實黃天佑對東方文化、神話古籍毫無知悉，但龍這種傳說生物，市井小民、老弱婦孺誰多少都有在故事、電影中看過；黃天佑知道在東西方龍有不同的定位，東方的龍是祥瑞的象徵，而西方的龍則多半擔當邪惡反派！好比電影《哈比人》，就是派了惡龍史矛格固守寶藏。

黃天佑的話讓兩位巫家人神情呆滯，巫覡明回過神時，用力拍了自己的大腿。

「媽的智障，我們是白癡嗎？我們應該先弄清楚跑進來的是哪條龍。」
「龍……龍不就是龍嗎？」黃天佑更加迷惑。
「『龍生九子，子子不同』」巫覡萌解釋，「傳說龍生九子，九名龍子性格、樣貌各有不同。一般人認知的龍只是一種具體形象，神話中的龍，模樣千奇，有的甚至長得像烏龜。」
黃天佑腦中浮現飛天烏龜，這隻烏龜越變越大，最後變成一團肉球，混沌的形象出現，他趕忙敲了自己的腦袋。
「妳把片子複製一份給我，我回去研究到底是哪位龍子沒長眼跑來糾纏妳。」
「我等等把片子e到你的信箱，你自己回家下載。另外，阿明。」
巫覡萌難得不以堂弟一詞損人，正將自己信箱傳給巫覡萌的巫覡明挑眉望著對方。
「聽說你的法器壞了？我好歹是個煉器師，幫你暫時準備個替用的也不是什麼難事。」
巫覡萌從那堆感覺隨時會生出香菇的衣服堆中撈出一枚用紅繩繫著的銅錢，黃天佑佩服巫覡萌到底如何記得自己的東西塞在哪裡，找起來居然毫不費力。
「戴著這個可以幫你稍微阻擋『聲音』。我對你這麼好，喊聲堂姊聽聽？」巫覡萌笑得奸詐又得意。
「免談。」巫覡明不甩巫覡萌，掉頭走人。
黃天佑不明白巫覡明壞了什麼「法器」，他只直覺東西壞了連旁人都要幫忙做一個替代，那原物應該非常重要。巫覡明嘴上不饒人，就算東西再重要也不見得肯放下身段跟人拿，身為他的難兄難弟，黃天佑知道自己非得幫巫覡明這個忙。

「那、那個！堂姊堂妹都是虛名，我們不用計較這個吧？況且大家不是都喜歡越活越年輕？」黃天佑擠眉弄眼試圖讓自己的表情看來誠懇。

巫覡萌噗哧一笑：「好！那我不計較這個。巫覡明你叫我聲大美女，我就無償把法器給你？」

巫覡萌搖晃銅錢，黃天佑哀戚地想糾正對方對於「無償」兩字的認知。

巫覡明毫無反應，正當巫覡萌打算再補上兩句，對方突然回過頭，笑得如春暖花開，燦爛的微笑讓萬物的光芒為之黯淡。

「巫覡萌，妳真是個大美女。」巫覡明笑著說，「可惜全天下只有瞎子這麼覺得。」

「差點以為你們堂……兄妹會打起來。」黃天佑緊握方向盤，無奈地向一旁的巫覡明抱怨。

巫覡明將紅繩繫在食指上，無所謂地甩著銅錢，風灌入銅錢中間的孔洞，旋轉的銅錢發出充滿速度的咻咻聲。

「她要我說，我不都說了？她還有什麼不滿意？」巫覡明老奸巨猾的表情讓黃天佑嘆氣。

「雖然你們有解釋煉器是什麼……但我依舊不明白。」黃天佑皺眉，「煉器師相當於古代的發明家嗎？」

黃天佑想起以前看的電影，周星馳與劉嘉玲主演的《大內密探零零發》，零零發在閒暇之餘做了許多不被人賞識的小玩意，難道巫覡萌同樣在監工之餘以自己的煉器能力發明令人驚奇的物件？

「她？發明家？撿破爛還差不多。」巫覡明惡毒損著自家親戚。

天外飛仙撞上黃天佑，告誡他千萬別對巫家人抱持無謂的期望。

「你真想知道煉器是什麼，叫我聲爸爸聽聽，我就露兩手給你瞧瞧。」

巫家人都喜歡隨便讓人攀關係嗎？一個要喊堂姊，一個要喊爹，果真不是一家人不進一家門。黃天佑心裡嘲諷巫家千百遍，嘴上卻知道裝龜孫子裝鱉能天下大平，「俗辣」一回明哲保身又無害他男兒尊嚴，喊！

「巫爸爸，求求你快露兩手。」黃天佑的視線直視前方。

紅燈，剎車。

「轉過頭來看好。」

巫覡明不知從哪抽出一張名片，「天星建設業務經理巫覡萌」，看來巫覡明剛剛在巫覡萌家隨手拿了一張。

「這是一張名片。」

「對，我知道它是一張名片。」

「你知道名片是紙做的吧？」

我還知道你的臉是肉做的，想不想被打臉一回？黃天佑於心裡回嘴。

「看好。」巫覡明叮囑黃天佑。

巫覡明以兩指夾著名片，不知為何車內明明開著空調，黃天佑卻覺得溫度突然升高，空氣變得黏滯，無形的無數雙手騷動肌膚，讓人坐立難安。巫覡明依舊夾著名片，不知是否是錯覺，黃天佑覺得名片彷彿比剛才更加挺直。

「拿拿看。」巫覡明將名片遞給黃天佑。

黃天佑不疑有他，接下名片，名片銳利到能劃出口子，而且它的重量顯然不是紙製。

「這名片是鐵做的？這是鐵片？」黃天佑驚呼。

「煉器師就是這麼幹。無中生有是一招，更多時候他們是直接改變物體原本屬性應戰。」

「阿覡，你怎麼什麼都會？」黃天佑投以崇拜的眼神，「上次問你什麼是蠱師，你也能示範兩招，沒想到連煉器也行！」

「因為老子是天才。」

巫覡明雙手放置頭後，以鼻尖示意黃天佑綠燈了。

四

「所謂龍生九子，子子不同。後人自然有將這九位龍子描繪出具體形象。」

回到巫山館，巫覡明立刻往書房前進，他搬下一本厚重的精裝書，怕是翻閱到倒背如流，目錄連看都不用看直接翻到有關龍的章節。

「老大囚牛、老二睚眥、老三嘲風、老四蒲牢、老五狻猊、老六贔屓、老七狴犴、老八負屭、老九螭吻，九位龍子各有名字。」

「而且還都很難念。」理科人黃天佑喃喃。

巫覡明的書採大開本，全彩印刷，古樸的畫風以新穎噴墨印製，新與舊之間有著弔詭的曖昧氣息。

兩面書頁上以水墨描繪九隻相貌各異的神話產物。符合黃天佑記憶的龍形生物是最好辨別的，接下來是長著豺首的、身似鳳凰的、相如雄獅的、烏姿的、龜形的、虎頭的，千奇百怪應有盡有。

這幾種之中沒有一種與黃天佑心中的「龍」有半分相像。

「這隻就是巫小姐說長得像烏龜的龍子吧？」黃天佑指著書頁上一頭頂著三山五嶽的烏龜道。

「這是老六贔屓，相傳力大可馱負群嶺，屬於靈禽祥獸。在上古時代躲在百川中興風作浪，後來被大禹制服，聽從對方指揮為治水做出貢獻。有些名勝古蹟的石碑基座刻有烏龜，刻的正是贔屓。」

「等等……我突然想到，我上回去保安宮玩，裡頭有一隻綁著紅色彩帶的石頭烏龜……」

「對，那就是贔屓。當地人認為白蓮聖母附身在那，顯了神蹟，因此供信眾膜拜。」

黃天佑在心中默默道歉，自己居然以為廟方怕信徒槓龜才供奉靈龜，希望贔屓大人不計小人過。

「那這兩隻又是什麼？明明是龍子，怎麼混了鳥？還有這隻長得有夠怪……」黃天佑指著另外兩頭龍子。

「像鳳凰的是嘲風，另一隻則是老么螭吻。螭吻又叫魚龍，是魚與龍的結合，學者認為螭吻源於印度佛教。螭吻好望喜吞，民間甚至認為祂能招財避邪，所以宮殿、寺廟屋頂常有螭吻駐守。嘲風則有兩種形象，一種是獸型，另一種則是我書本上的鳳凰模樣。嘲風象徵吉祥以及除災，跟螭吻一樣常常能在屋簷上看到。」

「怎麼哪一個龍子都是被人放在屋簷上還是壓在石碑下……」

「雕龍畫鳳，懂不懂？總之，九位龍子形貌各異，甚至同一位龍子也有不同形象，除非是像贔屓這種有根深蒂固特殊形象的，不然要查出在阿萌腦中藏著的是哪位龍子，其實不太容易。」

黃天佑拿著巫覡明輸出的彩色列印，巫覡萌傳來的圖檔解析度高，整體成像算非常清晰，但要從這種灰階圖案辨認出究竟是哪位龍子住進了巫覡萌的腦袋，黃天佑只能望了回天花板。

「更別說『九子』只是一種虛數，若這隻不長眼的龍根本不存於九子的既定形象……」巫覡明微笑，「那就恭喜巫覡萌，她死定了。」

「阿覡，為什麼你那麼針對巫小姐？人家好歹跟你有親戚關係，又是個女孩子。」

「她那個樣子像女孩子嗎？」巫覡明想也不想反問黃天佑。

想起巫覡萌叼著菸、蹲在地上打麻將的豪邁姿態，黃天佑突然噤口，暗地規勸自己別再介入巫家人的龍爭虎鬥。

※　※

可惜，事與願違。

當天好不容易擺脫巫覡明的民俗文化教學風塵僕僕回到家的黃天佑，才剛脫下外套，準備將手機直接丟到床上先去洗個熱水澡時，他赫然發現手機多了幾通未接來電，而且全來自同一支陌生號碼。

黃天佑放棄先洗澡的打算，回撥電話。就算是直銷還是詐騙電話，能鍥而不捨打上這麼多通實在是血汗勞工，念在對方的敬業精神，黃天佑覺得他必須回撥以示尊重。

「請問剛剛是誰打了這支手機？不好意思，我開車沒聽到……」

電話接通，黃天佑了當詢問，對方並沒替他解惑，反而回以一段瘋狂的爆笑。

「啊哈哈哈哈！沒想到你這麼紳士？早知道你是這種性格，我應該傳一些色情簡訊嚇嚇你！我還以為跟巫覡明在一塊的人都是人間魔王。」

「巫、巫小姐？」黃天佑認出電話另一頭的人是誰，但他完全無法理解巫覡萌如何得知他的電話號碼。

幾經天人交戰，黃天佑還是選擇直接詢問巫覡萌到底怎麼知道自己的電話號碼。

「我是煉器師耶。」巫覡萌對於黃天佑的疑問不以為然，「我可以直接問你的手機，從你的手機來電紀錄交叉比對就能知道你的電話號碼啦！」

「問我的手機！」黃天佑驚叫。

「對，不過你的手機是悶葫蘆，聊起來不好玩。附帶一提，《玩具總動員》演得都是真的。」

黃天佑完全能想像電話另一頭的巫覡萌笑得多開心。

與巫覡明簡直是同個模子翻出來！這種挖苦別人、幸災樂禍的邪惡天性，這對巫家堂兄妹（姊弟）根本如出一轍。

「巫小姐打給我是有什麼事情嗎？」

巫覡萌究竟出於什麼理由必須略過巫覡明直接找他？黃天佑雖然常被巫覡明罵呆、蠢，其實黃天佑既不呆也不蠢，以台灣公正標準來看，黃天佑應該能被歸類在聰明，甚至可以榮譽入籍台灣的菁英份子，白手起家的十大青年！黃天佑靜下心思考巫覡萌打電話來的原因，既然會避開巫覡明，可見她並不想讓對方知道此事。然而這對巫家親戚關係頗僵，黃天佑拿捏不出巫覡萌究竟是基於理性還是感性原因才獨自打了這通電話。

「我想你沒被巫覡明的惡劣性格嚇跑，應該是個任勞任怨的人。我接了一份工作還欠收尾，想找助手又怕把人嚇死，你來幫幫我好嗎？」

巫覡萌隨口糊弄黃天佑便罷，這老實道來反倒讓他只想拉開大門拔腿就跑！巫覡萌那句「怕把人嚇死」嚴重將黃天佑可能有也可能沒有的勇氣與男子漢膽量一掃而空。連巫家人都覺得麻煩、恐怖的任務，他又不是傻子，怎麼可能平白無故淌混水？

「巫小姐……我……我什麼都不會，連阿覡也說我只會拖後腿，妳還是另請高明吧！」黃天佑正想著只要掛斷電話一切天下太平，沒想到巫覡萌接下去繼續道。

「那個……我就是缺助手不然我也不會找巫覡明身邊的人。我是真的很需要幫忙啦！

你看我這麼一個弱女子手無縛雞之力，沒人幫忙可能做到白天也無法收尾。你不幫我，我也明白，我不會強迫你也不會把你用手機下載幼女色情影片的事情公開到PTT還是Dcard的。」

聽到巫覡萌的話黃天佑幾乎整個人彈起來。

「我、我哪有用手機下載幼女色情影片！」

「跟別人裝蒜有用，跟我可就完全沒用！我在你的手機紀錄裡頭看到影片了，你就算刪了我也能復原。」

一時之間黃天佑的思緒全攪成一團；他拿捏不定是要先嗆巫覡萌好好的煉器師不當把自己搞得像手機維修員還是該跟對方詳細解釋他不是故意點閱幼女色情影片？

「無碼、高清、女僕裝、雙人大戰」，身為身心靈健康的成年男人，看點色情影片調劑單身生活的貧乏也不為過，只是黃天佑哪知道打開影片出現的竟然是穿著女僕裝的幼女色情影片？

想看正常的甜心小女僕錯了嗎？

「法醫是不是都很宅？你的同事會不會好奇你都用手機看了什麼呀？」巫覡萌的聲音聽來天真無邪。

屋內明明只有黃天佑一人，他仍是噗通雙膝一跪。

「巫大小姐！我幫！不管是什麼忙我都幫！拜託放過我！我已經夠邊緣沒朋友我不能再失去我的同事呀！」

五

倒楣又老實，連下載色情影片過乾癮都被博大精深的網路世界擺上一道的黃天佑，就這樣可憐兮兮落入巫覡萌的圈套，捨命陪君子黑著眼圈開車回到大新莊。

巫覡萌仍舊那身黑色汗衫搭配短褲，對年輕女性明明是火辣隨性的裝扮，卻活活讓巫覡萌穿出一身大媽氣息。黃天佑納悶巫家人男俊女美，巫覡萌也算長得清秀可人，到底為什麼能把自己弄成一副俗氣大媽樣？

巫覡萌自顧自打開車門，毫無忌諱上了嚴格來說是陌生男人的車。她渾身帶著淡淡菸味，讓人懷疑是否經過後天加工的渾圓胸脯上頭則掛著一串以紅線繫著的銅錢項鍊。

俗，俗到連黃天佑這種與時尚絕緣的男人都覺得俗氣難看的程度。

黃天佑想起巫覡明那句話「妳真是個美女，可惜只有瞎子這麼覺得」，現在想來巫覡明並非因為一時情緒激動脫口而出，而是經過深思熟慮才說出的真理。

大概是察覺黃天佑餘光不著聲色觀察自己的銅錢項鍊，巫覡萌微微一笑靠近黃天佑，他嚇得方向盤一滑，好在及時穩住。

「巫、巫小姐！」

「你就光看，不問？」巫覡萌刻意壓低聲音，就算面對的是帶有大媽氣質的巫覡萌，母胎單身至今的黃天佑仍覺得難以招架。

「巫、巫小姐，妳脖子上為什麼要掛著一串銅錢！」黃天佑的視線游移，口中猛念佛號。

聽到黃天佑的問題，巫覡萌反常愣住，隨後爆出石破天驚的劇烈笑聲。

「啊哈哈哈！我還以為你要問我的胸部是不是隆的！」巫覡萌笑得天花亂墜。

巫家沒有一個正常人。黃天佑在心裡做出中肯評價。

「巫家有一些『手段』的人，都有自己比較偏好的引靈物件。這麼說對你可能有點抽象，你看過《哈利波特》吧？明明是巫師，卻都要使用魔杖，我的銅錢就是我的魔杖。」

「那阿覡也有『魔杖』嗎？」黃天佑隨口反問。

「阿明的狀況比較特別，廣義說來他也算有，你看過他使用異能吧？他是不是跟你借了紙還是什麼？」

黃天佑回想起巫覡明在以自己的血逼退毒蟲時，確實跟他借了發票充當符紙。

見黃天佑露出若有深思的表情，巫覡萌繼續話題。

「阿明會的技能之一，有點類似現在玄幻修真小說的『符修』，他透過鬼畫符去引發異能。他的符紙與我的銅錢是不同系統，他的符紙比較像媒介，主要作用的是上頭的字，而非紙張，我的銅錢則是貨真價實的工具。」

「巫小姐會怎麼使用銅錢？還有……今天到底要我幫什麼忙？」

GPS顯示即將抵達目的地，黃天佑幸運找到路邊停車位，目的地同樣是天星建設未完工的建案。

「你知道『母子雙煞』嗎？」

想當然爾，若是黃天佑知道何謂「母子雙煞」，他就不會被巫覡明嘲笑沒有文化涵養，儘管他也不認為這點與文化涵養有關就是了。

「沒聽過很正常，畢竟你不是這領域的人。」見黃天佑沒回應，巫覡萌接續道。

霎時間巫覡萌在黃天佑眼中再無大媽模樣，善解人意的她就是人間天使！同樣姓巫，居然不會任意數落或刁難他？黃天佑感動到只差沒找個箱子為巫覡萌投入香油錢，好好供養對方。

「母子雙煞，就字面上看，笨蛋也知道跟老媽、孩子有關。」巫覡萌說，「母子雙煞特別的地方在於……這項法術必須母體、子嗣在一刻鐘內雙亡，方能達到『雙煞』。現在少子化，孩子眾星拱月三代伺候都不夠了，要讓孩子跟母親一塊死亡，其實頗有難度……」

身為法醫的黃天佑下意識想反駁巫覡萌的論點，車禍、火災等意外，全家一起攜手上黃泉都不算少見，巫覡萌口中的『母子雙煞』聽來並非太有難度。

巫覡萌像是能讀心，一眼看穿黃天佑心中所想。

「母子一起死的機會不少，這我當然明白，但所謂母子雙煞並不只是要母子一併死亡，還要讓他們帶著極深的怨氣走上黃泉路。照常理而言，意外身亡的生靈，縈繞其的情緒多半是疑惑、迷惘，若真要帶有極濃厚的怨氣……」

巫覡萌戲劇性地停頓，黃天佑瞪大雙眼等待對方解答。

「只有一種可能，母子遭到兇殺，且不是普通的兇殺，必須讓母子生前感到極端恐懼，明白的講……施術者必須凌虐母子。」

巫覡萌的話令黃天佑啞口無言，他沒想到巫覡萌口中的母子雙煞居然必須透過如此駭人的手段才能產生。

「工地開挖，有時候會挖到不該挖的東西。」巫覡萌打開車門大步往工地前進，綠白色的鐵皮圍牆在夜間散發不同於白晝的冷森感。

黃天佑本來期待巫覡萌有鎖匙或者如奇異博士的神奇魔法開啟傳送陣，豈料巫覡萌只是站在圍牆外，接著兩手一攤，作莫可奈何的表情。

「這我沒轍！現在人不信神，器靈也越來越稀少，這鐵皮牆是死的，我沒法溝通。」

「如果是活的，巫小姐跟鐵牆溝通完，會有什麼結果？」黃天佑被點起好奇心，興致勃勃發問。

「自然就是要牆盛情歡迎我們的到來，乖乖左右一撤，門戶大開，讓我們歡天喜地進去辦事。」

巫覡萌的表情令她的話真假難分，黃天佑很想進一步問清楚巫覡萌究竟有沒有欺騙他時，對方竟不在原地，他著急地四處張望，原來巫覡萌已退到後方。

「讓一讓唷！撞到不負責！」

巫覡萌活動筋骨，左右伸展，背心隨著她的動作往上拉，露出水鑽肚臍環。待伸展體操做足好幾回，她倏地跑了起來，只用了三步就跳上鐵皮圍牆。她單腳站在牆上，姿勢如蜻蜓點水。

黃天佑瞠目結舌，他知道巫覡明有一身功夫在，沒想到連巫覡萌也毫不遜色！他想起巫覡明吹噓巫家沒有人打架贏得過他，若不是胡謅，那麼巫覡明到底藏了幾手？

「你們巫家該不會都是涼山特種來的吧……」

巫覡萌跳入建案內，大方從內敞開大門，黃天佑摸摸鼻子跟了進去。鐵門再次闔上，船過水無痕，從外觀看來完全無法察覺有人入侵。

「這裡也是天星的建案，我跟工頭們都熟，挖到奇怪的東西他們輾轉幾圈都會傳到我這。」

「該不會挖到人骨吧？」

巫覡萌翻白眼：「挖到人骨不是該通報我，是該報警！況且以台灣傳媒的速度，工地挖到人骨會先上社會版頭條！」

黃天佑突然感覺不在場的巫覡明正以斜眼瞥視自己，順道附上一句白癡。

「老實說，阿春挖到的在一般人眼裡也沒什麼。喔，阿春就是這裡的工頭，我的好牌友。打地基的時候，他看到一個大概……」

巫覡萌上下比劃，黃天佑看出對方想表達的東西大概在三十公分上下。

「一個這麼大的罐子，上頭還雕花。他本以為要不是挖到古董就是挖到時空膠囊，暗地吞了下來，沒想到打開罐子，裡頭倒出來的都是指甲跟頭髮，還有一些灰燼殘渣。」

兩人在深夜封閉的工地遊蕩，巫覡萌繼續講述有關阿春的故事。

阿春壓抑興高采烈的心，背著同事將小罐子塞入內衣。他體態臃腫，多了一只罐子於外觀還真看不出來！他一路等到下班回家才將罐子拿出。儘管書念得不多，對古董玩意沒有太大鑑別力，他仍是以凡夫俗子的直覺認定破爛東西必然有其年代價值，遑論罐子上頭還做了特別的藝術裝飾。

藝術是有錢人才會搞的玩意，既然是有錢人的玩意，就是值錢的玩意。而會用值錢玩意裝的玩意，只有可能是更值錢的玩意。阿春對自己這一套宛如繞口令的推論無比滿意。

他費了好大番勁撬開蓋子，一股腦兒將裡頭的東西全數倒出，沒想到裡頭盡是指甲、頭髮還帶著灰燼之類的詭異東西。

阿春只差沒氣到跳起來撞天花板。在打開蓋子真正看到裡頭的東西前，他還盤算到底裡頭裝的是鈔票、寶石，還是地契？沒想到通通不是！觸霉頭！

指甲頭髮伴隨著殘渣破片，阿春怕歸怕，卻也被挑起一絲好奇心，用筷子小心翼翼夾起比較大的破片，他在上頭隱隱約約看到了圖像。

圖像顯影的居然是一對穿著破爛旗服的女人、小孩，極為慘烈的死狀。

阿春到底是個平凡人，膽子全給了色，血腥暴力的一概碰不得，咚一聲，雙眼翻白昏死過去。

當他再次醒來，第一個湧上心頭的想法自然是「我是不是睡昏頭」？昏厥前的頭髮、指甲、殘片全部不見，然而那只精美小罐依然安穩擺放在桌。

「為什麼會不見？」黃天佑不解地打岔。

「唔，以科學角度或許是因為風化了。以前不是很流行『木乃伊』的詛咒嘛？說什麼拍完照後整顆頭顱消失，那其實不是詛咒，純粹是氧氣量遽增導致文物風化。當然若要用神祕學角度來看什麼怪力亂神都有可能。」

阿春後來大病一場。面對那只小罐子，他丟也不是，不丟也不是，只能用氣泡墊層層包裹，將罐子塞入櫃子，藏到他兩百年也不會再翻閱的舊版色情雜誌後面，當作從沒這回事。

「我後來笑阿春，把小罐子當骨灰罈供起來說不定就沒事了。」這回換巫覡萌打斷故事，「阿春告訴我，他就怕家裡祖先有意見。我問他怎麼不扔了？他又說在ＰＴＴ看到什麼陶瓷娃娃會自己跑回家的鬼故事……毛有夠多。」

阿春膽戰心驚，日夜夢魘。白天上班顯得有氣無力，連同事都覺得他印堂發黑，輾轉通知巫覡萌。巫覡萌家學淵源不假，但這檔事信者恆信，也不是能立塊招牌掛在身上隨時詔告天下的才能，以至於他們雖然知道巫覡萌或許能解決，卻也沒有馬上通知對方。

「好在他們打牌時想起老娘。我趕忙跑去看阿春狀況。雖然母子雙煞要害的對象不是他，到底也是極陰之物，碰到折損點陽壽都算小傷小痛。我這巫半仙姑且幫他算了算，就是比原先生死簿上記錄的少活兩周吧。」

「巫小姐還能看見生死簿？」黃天佑驚奇，一邊盤算是否要請對方提點一下自己還能活多久。

「不能。我瞎說的。」

「……請繼續。」

阿春雖然不相信巫覡萌能替他解決問題，但沒魚蝦也好，再者巫覡萌若不論氣質就外表好歹是個身材火辣的大正妹，被灌迷湯三兩下便把所有事情說盡連小罐子都上繳。巫覡萌一看就知道這罐子是被人用來施以母子雙煞的咒具，送佛送上西天，義氣地跟阿春接下這檔苦差事。

「我跟阿春說，如果想再多活兩天，就先讓工地停工，我再來好好處理。他倒聰明，揪了道上有仇的堂會到這打架，兩方人馬砍得斷手斷腳，工地是長期停工了，但血氣滋養了這邊的煞氣，變得更難收拾。」

巫覡萌啐了口，仙女下凡臉朝地，巫家仙女又從人間天使變回大媽。

「那小罐子真是好東西。製作它的工匠是耗盡心血完成它，以至於它非常有靈性，語言能力還不錯，跟它溝通起來一點障礙也沒有。」

巫覡萌繞著工地，拆下銅錢項鍊在四個角落各放置一枚銅錢。黃天佑只能無言跟著，一邊當自己在飯後運動。

「它講不出確切年代，但看到的男人都是禿頭辮子，所以我肯定它出產於清代。買下它的是名有錢員外，坐擁三妻四妾，本來應該生活『性福』美滿，只可惜想岔了。」

巫覡萌開始口述她閱讀器靈得來的那段不為人知的故事。

擁有三妻四妾的員外天天有美豔可愛的嬌妻們伺候，他有著金山銀山，又後繼有人，五個白胖胖的兒子讓外人羨慕的很！可惜這樣愜意的生活卻在員外的偏執心理下變調。

他發現孩子們一天一天長大，而他卻一天一天老去。

當一個男人有了權勢、有了財富、有了美女相伴、有了血脈相連的子嗣，他剩下的不滿足只會是——他是否能繼續擁有這些，以及還能擁有多久。

員外不想死，更不想老，他想一輩子長生不老。親爹仙逝時，老態龍鍾的敗醜模樣根深蒂固在他心裡，員外憶起自己的爹壯年時多麼英姿煥發，最後餘留的印象卻只是一介佝僂老人。

他不想這樣。

員外散盡家財，只為尋求長生不老之法。員外每天接待的江湖術士上百，卻沒有一個有辦法找出不老不衰之法。員外的頭髮逐漸花白，臉皮慢慢垂垮，腰也挺不直了，他著魔，成天只喃喃著他不想老、不想死。

物換星移，在員外臥病在床之際，一名洋人來訪。

「罐子看到的影像是名長著紅色大鬍子的中年男人。穿著一席像牧師的黑色袍子。」巫覡萌講得興致來了，順手抄起地上鋼條，於泥濘上畫出一個長著絡腮鬍的火柴人。

紅髮洋人告訴員外，唯有巫術能完成他的心願。但長生不老之術從古至今成功者甚是稀少，原因無他，難以執行。

洋人告訴員外，他有一道古代羅馬尼亞國王用過的祕法，只要執行這道法術，就能讓員外脫離死亡陰霾。洋人的辦法說難也不難，只是常人很難逃過良心苛責。

「洋人提出的辦法就是一命換一命，簡而言之就是替身之法。」

洋人說他曾靈魂出竅抵達地獄，在地獄，魔王看的不是生前的皮相，而是靈魂，所謂的靈魂就是血液，地獄魔王以血液的氣味辨別每個人。

「先別管信阿彌陀佛的員外為什麼會相信西方的地獄觀，總之，洋人的歪理說服了他。」

洋人說想要逃避死神的魔爪，最快也最簡單的方式就是先送一個與自己靈魂相仿的人進入地獄。

「洋人提出的概念其實近似『母子雙煞』，正確來說，洋人用母子雙煞欺騙員外。」

洋人要員外獻祭自己的兒子，然而員外再無情，到底也是當爹的，真要犧牲自己的兒子他實在辦不到。可惜人算不如天算，誰會料到年過半百的員外居然又讓小妾懷上身孕。洋人鼓吹員外這意外來的么子必然是感應到員外的心願，才會投入胎中。員外被洋人的花言巧語蒙騙，信了對方的鬼話。他日以繼夜盯著小妾的肚子，笑得詭譎。

懷胎十月，小妾誕下一名健壯的胖小子。員外抱著么子呵呵笑著，眼裡看到的不是稚子而是續命之法。

待么子滿月，洋人將小妾與么子雙雙關進牢房，不給飲水吃食，讓她們母子自生自滅。剛開始，小妾仍有奶水哺育兒子，漸漸的，她自顧不暇，飢餓、口渴的感覺席捲她，而後洋人更是對她百般凌辱，她幾度想死，卻連咬舌的力氣都沒有。

在小妾命懸一線之際，洋人以串肉的方式一刀殺死強褓中的幼子。恐懼、對夫婿的憎恨厭惡，這些無形惡氣縈繞著小妾，洋人趁勢剪下小妾與嬰屍的指甲、頭髮，塞入罐中封死。

小妾氣絕，母子雙煞的陣法就此完成。

「請問……母子雙煞跟員外的長生不老有什麼關係？」黃天佑聽了半天仍聽不出其中的因果關係，難道是他的閱讀能力有問題嗎？

「沒關係。」
「沒、沒關係？那是兩條人命耶！」
「如果我說有關係，你就會覺得這兩條命花得比較實在嗎？」巫覡萌挑眉。
「當然不是！」黃天佑大聲道。
宛如為了稱讚他，巫覡萌大手摸摸黃天佑的後腦勺。
「乖，三觀正確，不錯！那洋人到底懂不懂長生不老之法我不知道，我只知道他打從一開始就沒打算幫員外續命。他這手法在西洋巫術中怎麼稱呼我不知道，於我的認知就是『母子雙煞』。他利用母子雙煞的怨氣汙染土地，當土地受到巨大血氣汙染，就能行陰毒之事。」
「什麼陰毒之事？」
「確切是什麼我也不知道，畢竟那只罐子被埋進地底，自然不知道接下來發生什麼事。陰毒之事……例如歐美的巫師會利用人柱製造結界，或者以鮮血獻祭召喚魔鬼，我想那個洋人所圖的應該也是類似的事。」
巫覡萌看似已將銅幣布置妥當，站穩身子，接著輕盈一跳，整個人躍到鋼筋上。整座工地打到一半的地基、裸露的鋼條，巫覡萌無懼物理危險隻身站在中央。
「巫……小姐，妳這樣很危險吧？」
黃天佑往下一瞥，鋼筋埋得深，層層疊疊，只要不慎腳滑，巫覡萌必然全身穿孔鮮血淋漓重傷死去。

巫覡萌開始以一種非常奇詭的軌跡行進，她從左邊跳到右邊的鋼筋來回跳躍，黃天佑眼花撩亂。

「我也不願意，但想起動陣法要先踩一段罡步，這建地就只有這塊地方適合。」巫覡萌解釋所謂罡步象徵飛行九天，能禁制鬼神，可以破除陰氣，放出陽氣，是法師的基本動作之一。她踏出的步伐即北斗七星，是罡步中最基本的北斗玄樞罡。

待巫覡萌奇異的步伐收尾，她拿出紅繩繫著的最後一枚銅錢，單手甩著，接著縱身一躍回到黃天佑身邊。

「我前置動作都結束了，接下來就是高潮戲囉！」

巫覡萌賊兮兮地微笑令黃天佑直接忽略對方剛才如特技演員的一連串動作，他渾身犯起雞皮疙瘩。

「可是我想……你都專程過來陪我，我沒讓你參加兩下感覺好像對不起你。」巫覡萌雙手環胸，渾圓的胸脯上下抖動。

歷經幾次鐵血教訓，黃天佑就算再笨也懂得巫家人殺人不用刀的惡劣性格。他匆忙雙手高舉，猛地搖頭拒絕。

「巫、巫小姐，我媽教我置身事外才能用宏觀的角度明白世間真理！我、我就不參加了！」

「唉唷！宅男屬性已經很糟糕，你還要加上媽寶屬性嗎！眼睛閉起來！」

巫覡萌的氣勢太盛，黃天佑下意識閉起眼睛，心中埋怨記得母親規勸的孝順兒子曾幾何時與媽寶畫上等號？黃天佑感覺巫覡萌在自己的眼皮上輕輕點了兩下，眼皮覺得有些潮濕，但他猜不透巫覡萌究竟做了什麼。

「你現在可以睜開眼睛了！如果不睜開，我就把你當睡美人，一吻叫醒你囉？」

巫覡萌的威脅壓迫性十足，黃天佑倏地瞪大雙眼，緊接著，他的下巴只差沒掉到地上。觸目所及的仍是天星的工地，然而若有似無的白影來來回回，空氣自帶陰冷濕黏的氛圍，工地裸露的鋼筋宛如墓碑，鬼影重重，它們無視地心引力或者環境險惡，飄飄蕩蕩，旁若無「人」。

「天呀……」黃天佑十指緊壓著自己的臉，臉上出現深深指痕。

「那、那些不會是……不會是鬼吧？我……我向來沒有『靈感』，怎麼可能看得見鬼？」

「我剛剛點在你眼皮上的是我的血，巫家承襲『覡』字者，首要條件是能召靈。既然要能召靈，『活見鬼』也是必要的。」巫覡萌吸吮手指。

「血！」黃天佑又一陣頭暈目眩。

「你看到的還不及阿明看到的百分之一。」巫覡萌輕聲，「要知道……長時間在這種分不清活人、死者的世界活著，自己的存在只會越來越模糊，一不小心就會踏入生與死的曖昧邊界。」

白影消散，鋼筋鐵柱中出現一名頭低垂、穿著清朝劇服裝的女人，因為它頭低到不符合人體工學，反而有種頸部骨頭已遭人扭斷的錯覺。

「……慘了。」巫覡萌神色大變。

「什麼慘了？」

「那小妾煞氣太重，戾氣這麼強的母子雙煞我第一次遇到！」

巫覡萌的表情慌張；巫家人能召靈的前提除了能傾聽靈的聲音外，還要能看見靈體，如今屬於小妾的三魂七魄遭洋人以無孔不入的方式封住溝通能力，致使巫覡萌喪失談判籌碼。

「所以……巫小姐的意思是我們現在很危險囉？」黃天佑瑟瑟發抖。

「也不至於啦……應該……」巫覡萌話講得心虛，下一刻她突然踹倒黃天佑。

「小心！」

屬於小妾的幽魂突然轉向，不正常垂首的頭顱忽然揚起，它七竅流血，正因為血流滿面讓它的臉不像正常女人，反倒像戴了一只朱紅色面具。

小妾揚起雙手朝巫覡萌與黃天佑奔來。

巫覡萌指縫夾著不知從哪變出的銅錢，倏地往小妾幽魂射去，她並非胡亂投擲，她射擊的地點屬於文王後天八卦的陣眼，她試圖以陰陽調和方式鎮住小妾。

可惜未果，小妾就僵了數秒，即刻掙脫。
小妾歪斜、體若無骨的姿態讓它的行動變得難以捉模也更加駭人，它身形歪斜，彷彿骨架被人悉數打散，而後又以不合人體工學的方式重新組合。
「黃、黃天佑，你的功夫底子如何？」巫覡萌冷汗滑落，貼身背心顯得曲線畢露。
「下輩子才可能有被選為國手的才華，這輩子只求走路不跌倒就好。」黃天佑嗚呼哀哉，黃家在體能上說得出嘴的只有堂哥黃華剛，像他這種三腳貓，能安安穩穩站在地上就算祖上保佑。
「那走一個先！」
巫覡萌倏地拉起黃天佑的衣領，以蠻力硬是將對方拋向圍牆。黃天佑飛了幾尺遠，下巴著地，疼得哀嚎。
他正想回頭破口大罵，卻看見巫覡萌與小妾的鬼魂打了起來。
說是打也不盡然正確，巫覡萌的拳頭穿過小妾的身體，而小妾的指甲卻能清楚在巫覡萌的皮膚上留下血痕。
「搞屁呀！它打得到我，我揍不到它，我這不是白白挨揍？」巫覡萌邊揮拳邊飆起粗話。
巫覡萌的鮮血助長小妾的幽魂，它已經不再若隱若現，而是半實體化，鬼魅般的白色讓空曠的建案更加詭譎。

「巫、巫小姐，我覺得那個……它……好像更強了？」找好遮蔽物躲藏的黃天佑好心提醒。

「我也知道呀！我鎮不住她呀！」

巫覡萌單手結印，四散的銅錢張出紅色絲線，絲線以雷霆之速纏上小妾的四肢。小妾乍看被制伏，頭往後一仰，一雙嬰童的小手從它的嘴探出手。

黃天佑摀住嘴，壓抑想吐的衝動。

小掌壓著小妾的唇顎，它的臉由口為中心，往兩側綻放。血淋淋的嬰屍從中爬出。它的身形瘦小，還未足月，眼瞳散發金光，虎視眈眈瞪著巫覡萌。

黃天佑記得孩童的視力並非出生就已健全，一開始他們的雙眼甚至無法立體成像，然而看到眼前的嬰童，他莫名覺得對方的視力甚至超越正常人。

「母子雙煞？也只有妳這種一知半解的人才會搞錯。」

不屬於黃天佑與巫覡萌的聲音自圍牆傳出，兩人驚懼轉頭，巫覡明竟然站在鐵皮圍牆上。

「阿覡你來救我們了嗎！」看到巫覡明的瞬間，黃天佑覺得自己幾乎看到救星。

巫覡明違反地心引力縱身一躍，直接從圍牆跳到黃天佑旁邊。此刻的黃天佑仍維持下巴著地的愚蠢模樣，巫覡明一臉鄙夷看著，直搖頭。

「我哪有弄錯，這明明就母子雙煞！器靈是不會騙人的！」還在與小妾糾纏的巫覡萌大聲反駁。

「母子雙煞？妳有看過這麼兇的母子雙煞？」

巫覡明箭步衝了過去，了當踢上小妾下顎，那名即將爬出喉嚨的嬰童，硬生生又摔了回去。

「為什麼你踢得到它？」巫覡萌尖叫。

「堂妹，故事說完就老人癡呆了？妳不是說洋巫師說過血液是地獄魔王辨別靈魂的方法？」巫覡明嘲諷道。

巫覡明不知道是何時來，方才巫覡萌講述有關小妾的故事，他似乎一點也不漏全聽進耳裡。

小妾屬於靈體，屬於實體的人的攻擊不能對小妾造成傷害，然而巫覡明的踢擊凌厲，招招逼得小妾的幽魂不斷後退。

黃天佑瞧見巫覡明的鞋尖上似乎染上紅色污漬。

「這個不只是母子雙煞，這個是『傀』！」巫覡明喊出語焉不詳的話，巫覡萌卻了然於心。

「宅男！跟我下來！」

巫覡萌虛晃一招，將應付小妾的苦差事留給巫覡明，自己躍到黃天佑身邊，再次拎起對方衣領。

「嘴巴別張開，手往內縮！」

黃天佑沒膽量問為什麼，只能盡快將自己縮成圓球，豈料下一秒巫覡萌竟然拎著他往鋼筋鐵條躍下。

萬箭穿心、全身孔洞、喝水水還會從洞口流出來！黃天佑雙眼緊閉想像自己慘絕人寰的死法。

巫覡萌眼力一流，身姿柔軟，一而再閃避鋼條，毫髮無傷帶領黃天佑降落到最深的地面。

「挖。」

巫覡萌一聲令下，黃天佑又犯起面對巫家人的M屬性，徒手往地上胡亂挖掘，他壓根不清楚巫覡萌要挖什麼，只是下意識聽命行事。

黃天佑滿手泥濘，他深怕外露的鋼筋鐵條會挫傷他賴以維生的雙手，以至於他挖掘的速度非常緩慢。

「讓開！」

巫覡萌的喝斥於此刻宛如天籟，黃天佑二話不說立刻讓位。巫覡萌甩著銅錢，隨著呼嘯聲，深植地底的鋼筋鐵條緩緩往上移動。

「這、這是超能力嗎？」

「超你媽的能力。我說過我能讀器靈，我只是叫這些礙事的東西離遠點。死宅男，快挖！」

黃天佑肯定巫覡萌沒記住自己叫什麼名字，為避免節外生枝，媽寶還是宅男他全擔下，卯足勁開挖。

隨著越挖越深，黃天佑挖到一個白色球體，身為法醫他直覺球體是某樣他經常經手的「東西」，然而這個「東西」的觸感又不像他曾經歷過的，除了硬，還帶著某種彈性……。

黃天佑越發狠勁開挖，果不其然，他挖出半具人骨，說是人骨又不精確，這具枯骨身上覆著薄膜，好似被合身的透明氣球包圍。

「這根本保險套套屍體。」巫覡萌埋怨，黃天佑決定假裝沒聽到，不然他一定脫口哪來那麼大的尺寸。

「宅男，讓開！又是煉器師的天下了！」

巫覡萌甩著銅錢，被深深埋入土中的駭人骨骸撐起身子，努力將自己拉出洞中。

不消說，黃天佑早已拔腿逃之夭夭。

「阿明！傀我挖出來了！接下來呢？」

與小妾幽魂打得難分難捨的巫覡明虛晃一招來到巫覡萌與黃天佑眼前，順勢踢了黃天佑的臀部，逼迫對方至少跪著，不然趴在地上實在難看。

「『付魂』！這麼簡單的技術別跟我說妳不會！」

「可是姑姑說你跳的比較好看耶。」

「巫覡萌！想死妳就繼續耍嘴皮！」

巫覡萌開始一連串不明動作，若說巫覡明招魂的舞姿神聖而令人不敢褻玩，巫覡萌則好像執行阿卡貝拉，以銅錢與口技發出一連串黃天佑無法明白的語彙。

唯最後一句他聽懂了。

「魂歸來兮。」

小妾的幽魂彷彿受到巨大引力，直接被吸入巫家人口中的「傀」，而在小妾完全融入傀之中，巫覡萌對傀的操縱也登時斷線。

傀開始擁有自我意識，以搖曳的身軀，往三名活人前進。

「阿明……我已經聽你的讓小妾的魂進去了，接下來我束手無策了唷？」

「妳的後天八卦被破，強化一下應該還能用吧？」巫覡明淡淡道。

「當然！你以為我是誰，巫家仙女耶。」

「臉朝地的那種仙女。妳去重新強化結界，剩下交給我來。」

「交給你？傀不好對付，你打算怎麼玩？」

「鷸蚌相爭，漁翁得利！我是不想當漁翁，但我喜歡等他們打贏了再撿便宜！」巫覡明露出壞心眼的微笑。

傀離開巫覡萌的掌握，巫覡萌立刻飛快穿梭在方才投擲銅錢的四方角落，她咬破指尖以血液強化結界的力量，不消半晌，傀被定身。

黃天佑不是傻子，他稍微理出頭緒；小妾的遺骨因某種巫術需求埋在此地，而那名洋人甚至用殘骸製造了一具被巫家人稱作「傀」的人偶，目的為何不知道，總之，透過巫覡萌的能力，小妾的靈魂與傀合而為一。

等於是給予小妾一具現世的身體。

從靈體變成實體會比較好應付嗎？黃天佑冷汗直流。傀動作曖昧，好似活屍，以極不正常的姿態往三人前進。沒想到過了那麼多年，他還是能觀看到4DX的《惡靈古堡》。

「冤有頭，債有主，搞清楚對象省得麻煩。」巫覡明喃喃，接著惡狠狠看往結束強化工作的巫覡萌，「堂妹，不想我戳瞎妳的話，妳要嘛眼睛閉起來，要嘛轉過去！如果被我發現妳偷看，我就讓妳吃不完兜著走。」

巫覡明的恐嚇威力十足，巫覡萌立刻雙眼緊閉回過身背對巫覡明。巫覡明再三確定巫覡萌沒偷看後，雙手平舉，開始他惑人的召靈舞蹈。

那種屬於死亡的氣味伴隨晚風與泥濘出現，黃天佑不明白此刻的巫覡明打算召喚什麼？

隨著傀離他們越來越近，黃天佑的肛門夾得越緊，他深怕自己因為害怕不慎失禁。

那具傀應該是以小妾的人骨製作，但熟悉醫理的黃天佑，不覺得那是一具純粹屬於女人的骨骸，更別說是「同一位死者」所有。傀的大腿骨略長，骨盆更不像是生育過孩子的女人所有。

骨骸包裹的透明薄膜看來彈性非凡，因為巫覡萌的口不擇人，黃天佑不得不聯想起岡本2.0這種他這輩子還沒有幸用過的科技產物。

一道男性魂魄從傀的身上浮現，本來是幽微而無形，隨著巫覡明的舞，男人的樣貌越漸清晰，當他完全現形後，巫覡明停下舞蹈。

黃天佑察覺那位男性幽魂同樣穿著古裝劇服裝，頭剃了大半，顯然是清朝人。

「接下來我要給他們點樂子！」巫覡明笑得奸巧，以折刀劃開十指指尖，以迅雷之姿閃身至傀的身邊，將自己的血抹在傀的雙手。

「生前虧欠妳的，現在正是討回來的時候。」巫覡明輕聲朝傀吩咐。

傀了然於心，張牙舞爪朝男人的鬼魂奔去。

從方才巫覡萌的戰鬥，黃天佑明白實體是無法與靈體戰鬥，若說小妾的幽魂還能與男人的鬼魂來場大反攻，如今被桎梏到傀的身軀裡頭，不就實物化，一切都沒轍了？

然而俗話說「歹級母喜拱廊鄉欸甘丹」，黃天佑台語講得破爛，只能依稀記得大概的發音，反正事情果真不是他這名凡夫俗子能預料的。

屬於小妾的傀，竟然對男人的鬼魂造成不小傷害，男人的鬼魂被傀的指甲撕裂，完美呼應了「撕心裂肺」四個字。

「呆頭鵝，給你一個機會展現你的高智商讓我堂妹看。」巫覡明皮笑肉不笑指著正在纏鬥的傀，「那是一具人類女性的骨骸嗎？」

黃天佑想也沒想斷然否定：「不是，從骨盆看就知道不是了。」

巫覡明點頭，視線回到巫覡萌身上：「一知半解吃大虧。那個洋人玩得確實類似母子雙煞，但就西洋巫術而言，處女、處子比什麼都還管用，所以既然是用西洋妖術搞出來的成品，自然不能將它視作普通的母子雙煞看待。最妙的是操縱那具傀……不，就算是操縱小妾幽魂的都是那名還沒滿月就被活活餓死的員外小孩。」

黃天佑想起彼時看到一雙小手拚死想從小妾的嘴中爬出，原來小妾的幽魂已不再掌握主控權，洋巫師的目標自始至終都是那名還未斷奶的小孩。

傀徹底撕裂男人的魂魄，男人魂飛魄散，空氣中又瀰漫那股黃天佑熟悉的死亡氣味。

然而，傀解決完心頭大恨，在場的三名活人成為它的新目標。

「阿覡，請務必告訴我……你有解決的方法？」

「阿萌，現在就看是妳厲害，還是那小娃兒厲害。」巫覡明指著傀，「那具傀就算是用骸骨製作，充其量也是『器』，妳煉器的能力如果大過它，我們今晚都有消夜吃。」

「什麼消夜？」黃天佑不解。

「排骨湯。」

黃天佑再次痛恨自己又著了巫覡明的道。

巫覡萌甩動銅錢，她身上似乎環繞一股淡紅色的氣。傀的動作緩緩變慢，但它不死心，依舊以超自然的力量與巫覡萌抗衡。

巫覡萌滿頭大汗，臂膀的青筋變得明顯：「阿明，這具傀的怨氣太深，我定不住它。」

黃天佑想起巫覡萌的能力是煉器，她能聽見器靈的聲音，透過這樣的能力使巫覡萌能操縱器皿。

「巫家如果做個智商調查，妳八成要從尾巴開始找自己的名字。」

巫覡明不屑的冷笑，接著一個翻身，躍到傀的身邊，伸手拍了傀的背部。在巫覡明跳躍的同時，那股死亡與陰冷之氣潰散，溫度反而略微上升。巫覡明右腳一掃，傀包裹薄膜的堅實骨骼竟然被硬生生攔腰截斷。

骨頭的硬度非同小可，雖不見得踢不斷，但以巫覡明的力道與傀的破碎程度，黃天佑覺得巫覡明面對的幾乎是孔雀餅乾。

「你……居然煉化了傀？」巫覡萌訝異地看著將傀踩碎的巫覡明。

「先破壞載具，之後再來交涉。堂妹，誰像妳要跟傀比力氣？」

黃天佑想到在車上，巫覡明曾示範將名片化作鐵片，想來現在也是依樣畫葫蘆，將堅硬的骨骼變得脆弱。

巫覡明毫不留情，大腳踩上支離破碎的傀上頭，居高臨下睥睨著傀。

「阿萌，發揮妳巫家人的能耐，『抽魂』吧！」

「為什麼是我？你站得近，全權交給你發揮！」

「我・貧・血。」

在巫覡明凌厲的目光下，巫覡萌不敢再吭聲，乖乖走到傀的碎片旁，再次甩起銅錢，口中念念有詞。

「魂兮歸來！去君之恆干，何為四方些？捨君之樂處，而離彼不祥些。魂兮歸來！」

幽白的大小影子從傀的身軀剝離，那是一名相貌娟秀的女子與一名稚齡嬰童，女子抱著嬰童，神色哀怨。

「好了，罪魁禍首，妳那位死相公，已讓你們母子整得魂飛魄散，下輩子若能投胎頂多也是淪於畜生道。妳們母子還是早日進入輪迴，罩子放亮點，下輩子選個好人家呀。」巫覡明話說得極其淡漠。

黃天佑覺得心寒，若巫覡明從頭到尾都有聽到巫覡萌說的故事，他根本不可能用這麼冷靜的態度對待這對可憐的母子。

小妾垂頭，嬰童伸出枯瘦的手試圖撫摸親娘，小妾念念有詞，然而它講得是地方方言，黃天佑不明白它說了什麼。

「阿覡，她說了什麼呀？」

巫家兩名男女面面相覷，異口同聲道：「它說事情還沒結束。」

小妾目光幽幽，似是有千言萬語想道盡，母子雙煞已被破解，傀亦被巫覡明破壞，小妾再無力量留於現世，它們幻化成一道白煙，消散在漫無星子的夜空。

「它說……事情還沒結束，可是……阿覡不是把傀處理掉了嗎？」黃天佑諾諾問。

巫覡明閉口不語，倒是巫覡萌搶先發話。

「我們……尚未弄懂那個洋人到底利用傀做什麼？」

「可以想像的是那個洋鬼子需要一塊極陰之地，他利用母子雙煞汙染土地，再利用傀保護這塊地。可惜就是埋得淺了些，還是你們天星的鋼筋打得不夠深？」巫覡明嘲諷。

「那……這塊地還能不能繼續蓋房子呀？」黃天佑務實，想的盡是直觀且經濟面的問題。

「罪魁禍首已經煙消雲散，現在就算你拿多喝水當聖水灑也能淨化這塊地。」巫覡明斜眼瞧著黃天佑，「問題的癥結還是那洋人到底想幹什麼。」

「不，我覺得還有另一個大問題……阿覡，你怎麼知道我們在這？」

巫覡明皮笑肉不笑地從口袋掏出一只紮的隨意的布娃娃，那是當時黃天佑被蠱師纏上，巫覡明「好心」拔下黃天佑頭髮示範的成品。

「你、你竟然還留著？」黃天佑訝異半晌才擠出話。

「這麼好用的東西當然要留著。這東西相當於你的分身，我把它放在地圖上，它走個兩圈我就知道你們在哪裡了。」

「請千萬不要告訴我平常你用我的替身娃娃做過什麼。」

「堂弟，姑姑說你沒女朋友又不肯相親，難道是……」巫覡萌曖昧地指著黃天佑跟巫覡明。

「那是因為姑姑說相親的對象是妳！我眼睛又沒瞎腦子也還沒傻！」巫觋明翻白眼回嗆。

「是我？姑姑怎麼沒說？我也不是白癡，怎麼會看上你這個只有外表能看、超級毒舌的沙豬？」

「阿觋會說他不只外表能看，裡面也很能看。」黃天佑眼神死的接話。

「哇塞！你們還真是這種關……」巫觋萌調侃的話還沒說完，突然面色慘白抱著頭倒地，她渾身抽搐，無法自已。

「巫小姐！」

「頭、頭好痛！」巫觋萌痛到眼淚都流出來，摀著頭拼命吶喊。

巫觋明冷靜看著，思考半晌，一計手刀直接打往巫觋萌的後頸，他的角度力道精確，巫觋萌壓根來不及掙扎就昏死過去。黃天佑終於看到當時巫觋明打昏自己的手藝。

「搞不清楚怎麼回事，先讓她閉嘴比較快。」巫觋明理所當然對著張大嘴巴的黃天佑解釋。

六

幾經天人交戰，外加黃天佑一句「夜闖單身女子宿舍不會遭鄰居議論嗎？」讓巫覡明只能萬般不情願地將巫覡萌帶回到巫山館。

青姨服侍巫家多年，對巫覡萌並不陌生，三兩下打理好客房讓黃天佑將巫覡萌抱進去。附帶一提，舉凡將巫覡萌抱出工地、帶回車上、扛進巫山館，全由黃天佑一手包辦。

「我・絕・對・不・跟・阿・萌・有・任・何・肢・體・接・觸。」巫覡明斬釘截鐵拒絕幫忙。

昏厥的巫覡萌身上仍帶有淡淡菸味，黃天佑一直告訴自己他抱的是活人不是死人，千萬別讓人家撞到哪兒。

「阿覡，我們就讓巫小姐這樣……呃……昏睡，不需要找醫生看一下嗎？」黃天佑略感擔憂。

「她現在的狀況，普通醫生沒有辦法處理。」巫覡明淡然道，「就讓她睡吧！醒來我還嫌吵。」

黃天佑在青姨安排下，同樣留宿巫山館，他擔心巫覡萌的狀況，一個晚上睡得不暢快，隔天頂著個鳥窩頭露臉還被巫覡明活活笑了半小時。

巫覡萌陷入重度昏睡，巫覡明用力捏了她的臉頰也不見有任何掙扎。

「我們要不要幫巫小姐打通電話請假？不然曠職要扣多少薪水呀？」

「我哪裡知道她公司電話幾號。」巫覡明懶洋洋回話。

「你不是從她家拿了一張名片？你還用那張名片示範煉器給我看呀。」

思及巫覡明連一個「晴天娃娃」都妥善收藏，那張被煉化的名片想來也有一個安身立命之處，黃天佑以期待的目光看著巫覡明。

「扔了。」

「你怎麼可能扔了？」

「就是扔了。我留阿萌的名片做什麼？鎮宅有我就夠了。」

「那你好端端留我的頭髮做什麼……」

請假這檔事，最後由常識人的黃天佑從查號台查到天星建設的電話解決。天星建設的人資部門非常爽快，二話不說直接答允黃天佑為期一個月的長假，甚至連查證打電話的人與巫覡萌是什麼關係也沒有。

「我想巫小姐會昏倒，應該跟那張腦部顯影出現的龍有關……」黃天佑的推理換來巫覡明的白眼。

「不然你覺得還有別種可能嗎？晚風吹多又更傻了嗎？」

黃天佑決定以後不再給巫家人出任何主意。

「那阿覡，我們現在該怎麼辦？」

巫覡明露出沉思貌，黃天佑有點感動，即使這對堂兄妹多有不合，骨子裡還是血脈相連，懂得互助。

「總不能讓阿萌一直睡在巫山館，她在這我渾身不自在，或許我應該收租金……不，還是趕快幫她解決這檔事，我才好趕她走，有她在降低巫山館格調，房價一坪百萬都要變百塊……」

「……阿覡，你覺得母子雙煞這檔事是不經意找上巫小姐，還是有人蓄意……？」

「你認為那個『阿春』是騙子？不，阿萌身邊不可能有太聰明的朋友，我想母子雙煞應該是真的不小心被發現，何況從大清帝國就埋到現在，要在那麼遠就知道屆時來解決的會是……」

巫覡明突然像是想起什麼噤口。

「阿覡，你想到什麼了嗎？」

「我在想那名洋巫師到底想要做什麼……算了，跟你也是雞同鴨講。」

巫覡明沒回答黃天佑的問題，逕自上樓，整個人渾然不解的黃天佑只能摸著鼻子尾隨。巫覡明的目標依舊是書房，但他這回沒打算再炫耀自己過目不忘的記憶力，反倒是打開筆記型電腦，開啟視訊通話。

螢幕另一端，又是那名有著時尚光頭的鷹勾鼻男人，被巫覡明尊稱「老師」的男人總能應巫覡明來電出現。

「老師。我想跟您借『那冊子』，老師您是協會會長，應該有電子版本吧？」巫覡明恭敬詢問。

鷹勾鼻男人皺眉：「我不是說不准你插手有關冊子的事？」

「我是無意間碰到了點麻煩，起了疑心，想從冊子這邊驗證罷了。」巫覡明不急不徐從容解釋。

螢幕上的男人表情有些糾結，似乎還在思考該不該信巫覡明這回。黃天佑聽得一頭霧水，到底巫覡明想借的是什麼冊子？

「好吧。我知道你做事有分寸，冊子我等下傳給你。」視訊斷線。

什麼分寸，巫覡明做事從來沒有分寸！光頭先生，你不要被他的態度欺騙呀！黃天佑多想抓過麥克風大喊，可惜斷訊的通話沒法將他的心聲如實傳達。

筆電不一會兒發出收到新信的通知，巫覡明氣定神閒下載附件直接彩色列印。張數並不少，列表機跑到差點過熱才總算收工。

巫覡明氣定神閒攏好紙張，拿起釘書機飛快在左上角打釘。黃天佑此時才知道巫覡明印了一本封面是黑色、內容不明的書籍。

也由於印表機邊界設定的關係，讓全黑的封面多了道白框，壓迫感少了，反而有種「差一點」的遺憾感。

「阿覡，這是什麼？」

「這冊子有很多稱呼，籠統點我們可以說是……倖存者手冊，當然我更喜歡叫它通緝犯目錄。」

「倖存者手冊、通緝犯目錄？」黃天佑覺得自己的問題被另一個問題塘塞。

巫覡明攤開內頁，裡頭宛如刑事局查組專刊，排列一張又一張大頭照與姓名、日期，有的陳列的不是照片，而是中世紀油畫，有的更是黑白照片。

「你夠宅，聽過女巫狩獵吧？」巫覡明挑眉。

「聽過。」但跟我是不是宅男沒關係，我是有歷史文化涵養的好男兒。黃天佑安慰自己。

「這本冊子記錄那些沒被抓到，或者……」巫覡明笑得詭異，「燒沒燒死的。《女巫之鎚》的最新版本。」

「你是說這本冊子都是……獵巫名單的生還者？」黃天佑恍然大悟。

巫覡明翻著冊子，翻到最後幾頁，指著一名黃種人長相的男子。

「這一位，就是當初號稱被巫家得罪的蠱師。」

平凡男子的相片下頭標註著夏啟山，同時附上羅馬拼音，以及最後發現時間，紅字標註已死亡。

「這冊子從12世紀開始記錄，一路到16世紀達到人數高峰，由獵魔協會保管，隨著時代進步，也開始有電子版本。」

「可是……夏啟山是蠱師，跟獵巫有什麼關係？」

「請你融會貫通好嗎？獵巫只是宗教迫害，聖女貞德也曾被認為是女巫。這本書，我們現在也不叫《女巫之槌》，我們簡稱《黑書》。因應我們對女巫……也就是『異能者』的認知逐漸更新，黑書變成記載『危險』異能者的書籍，簡而言之就是已造成實際傷害的通緝犯目錄。夏啟山是蠱師，同時是造成七個村子滅村的危險人物，當然記錄在冊。」

「如果只記錄異能者，我看你們巫家人應該佔了大半頁數吧……」黃天佑喃喃。

「我們巫家人民風純樸，人人純良，到我這代為止還沒有人因為幹了不法勾當被登記在冊。」巫覡明瞥了眼黃天佑。

「所以，阿覡你特別找這本書來做什麼？」

「我剛才讀了阿萌的記憶，我知道她從小罐子上頭看到什麼。我看到那名洋巫師的長相，我想確認他是否登記在冊。」

兩名大男人從17世紀的紀錄開始看，當時的照片還多半是以畫像為主，他們一路翻到20世紀，依舊沒有人符合巫覡明腦中的紅髮男子長相。

「也就是說那名洋巫師是落網之魚囉？」看得眼冒金星的黃天佑做出結論。

巫覡明不死心地往前翻閱，16世紀滿滿的西洋油畫佔據版面，看來在16世紀以前，獵魔協會對「東方」尚未有概念。

一幅幅宛如美術史剪貼的油畫讓黃天佑有些想打頓，他的美術成績向來拿乙。

巫覡明突然停止翻頁，目光留在中間一幅暗色調油畫，作品描繪一名披頭散髮的男子，他頭微垂，只剩一雙琥珀色的眼睛瞪著觀眾。由於畫家使用較為晦暗的主色調，黃天佑無法判斷男子的頭髮是紅色或者咖啡色。

「是他。」

「你怎麼知道？」

「那雙眼睛，太像了，像到不用懷疑。克……克羅諾斯，最後發現時間是西元一五一二年。」

巫覡明再也管不了黃天佑還有多少問題，急忙回過頭開啟電腦找尋恩師指點。一名從16世紀倖存至清朝的巫師，天知道還有多少不為人知的驚人祕密。

黑書被巫覡明隨手一扔，黃天佑下意識撿起來放回桌上，然而黃天佑竟發現黑書最後一頁最後一張照片居然是巫覡明，除了徹底標示他的名字外，還以紅字寫著「特異」。

黃天佑直覺自己看到不該看的東西，趁巫覡明沒注意，一溜菸離開犯罪現場找點心轉移注意力。

「老師，我在《黑書》冊子中找到了目標。」

「巫覡明，我不是鄭重告誡過你，不要再去找當年蠱師後裔的下落嗎？」被巫覡明喻為恩師的男人義正嚴詞道，他的神情嚴肅，以毫不掩藏的否定態度表明立場。

「老師，我有聽取您的指示，沒打算再找夏家報仇，這次會遇到王猛，純粹是巧合。」

「王猛的事情我之後再跟你算帳。」巫覡明的恩師有不怒自威的氣勢，「我希望你可以記住自己同樣也是《黑書》關注的對象。」

「老師，事情是這樣，要不是為了幫巫覡萌收拾爛攤子，我也不會被牽扯進來……」

巫覡明簡單帶過巫覡萌與小罐子的淵源，並乾淨俐落地敘述他從器靈身上讀到有關克羅諾斯的詳細過程。

老師一語不發，眉頭深鎖，最後用兩指努力舒緩自己的眉心。

「是阿萌惹出來的……嗯，你的確受到無妄之災。」

「老師，您對克羅諾斯知道些什麼嗎？」

老師的眼神突然變得比鷹隼犀利，他以凌厲的眼神來回掃視巫覡明。巫覡明一臉坦蕩，他來回掃視幾回都找不出破綻，最後只能敗下陣回答巫覡明的問題。

「克羅諾斯，是協會的重點對象。協會的老前輩們多少有與他交手的經驗。他的容貌隨著年代改變，但那雙眼睛是騙不了人的。」

「老師，我也是從眼睛認出他。」

老師點頭：「義大利、印度、挪威，都曾有過他出現的紀錄，而且橫跨百年，至於台灣，是你通報我們才知道，我會召開小組防範未然。現在有兩個問題，第一個問題，不是他是否還在台灣，而他是為什麼要來台灣。」

「第二個問題就是克羅諾斯如何能活過四百年，對吧？」巫覡明淡淡道。

「沒錯。他如何活過四百年，協會已有些猜測，你可以問問上次你帶來的年輕人，他很古意，看來也是苦幹實幹類型，應該可以告訴你答案。」

老師指的自然是黃天佑，巫覡明在內心吐槽數百次，絕望他尊敬的恩師居然也有識人不明的時候。

結束視訊後，巫覡明黑著一張臉下樓找被遺忘多時的黃天佑。

黃天佑嚼著米香，口齒不清裝蒜詢問巫覡明：「阿覡，你找你的恩師談什麼呀？」

「找我的恩師詢問一些事情。別煩我，我現在感到很挫折。」

「挫折？為什麼？你的老師罵你了嗎？」

巫覡明翻了白眼：「像我這麼優秀的人，就算是老師也無法挑出毛病。我只是傷感老師也有看走眼的一天。」

「看走眼？」黃天佑完全不知道自己正是令巫覡明傷感的主角。

巫覡明沒打算回應黃天佑，直接開啟新的話題。

「黃浩呆，我問你，一個人有可能活到四百歲以上嗎？」

「不可能，百歲都算人瑞了，超過四百歲更是不可能。」
「那人為什麼不可能活到四百歲？」
「先不管怎麼養生，人體的臟器、骨頭、肌肉……等總是有使用期限，心臟、肺臟會隨著年紀增長衰竭，我不覺得一般人的器官能撐那麼久。」
巫覡明沉默半晌才帶著鄙夷的眼神開口：「原來是這麼簡單的邏輯，老師居然還要我問你。克羅諾斯八成利用『轉體』才活上四百年。」
「阿覡，什麼是轉體？」
「用你的智商也能懂的方法解釋，就是換個身體。當然，轉體不能如此簡單概括。轉體者透過佔據另一具身體的意識、反客為主，得到更年輕的肉體藉此延續生命。還有另一種方式比較少人用，也比較邪門，轉體者利用人造器官取代衰竭的部分，讓自己成為半人偶狀態。」
「類似鬼、鬼娃恰吉嗎？」黃天佑臉色慘白。
「原來你怕人偶？你的生日什麼時候？我已經想好送你什麼禮物。」
「我不是怕人偶，我只是想起昨晚的傀！而且現在最重要的不是我的生日吧？」黃天佑只想讓巫覡明轉移焦點，「我們現在要不是去找克羅諾斯，要不就是想辦法讓巫小姐趕快清醒。」
「兩件事也許可以一起來。但阿萌睡得跟死豬沒兩樣，我也不知道怎麼叫醒她。不然你去親她一下看看？」

黃天佑無語問蒼天，他以為像巫覡明這種人間魔王，童年應該不曾看過《睡美人》或者《白雪公主》。殊不知當年可愛如小女孩的巫覡明，被自家親姑姑灌輸多少幸福又快樂的童話故事。

「阿覡，巫小姐應該是因為腦袋的那隻龍才會昏睡不醒吧？」

「廢話。不然你當她沒事睡美容覺嗎？」

黃天佑小心翼翼講出自己的見解：「巫家人能承襲『覡』字者，必然能召靈，其中巫小姐又能通器靈……那為什麼我們不直接找隻龍子，問一下是誰跑到她的腦袋裡不就好了？」

「龍子不是說找能找到的，你以為龍跟小七一樣，路邊隨處可見？」巫覡明白了一眼。

「我沒說要找真正的龍子呀！就像現在廟宇的神明不都是分靈，我們也能找分靈呀！就找個屋頂上的龍還是石碑下的烏龜來問話不就得了？」

黃天佑始終記不得龍生九子是哪九子，只依稀記得巫覡明說過後人依據龍子能力將祂們裝飾在建築物上。

巫覡明的表情從不屑轉為瞠目結舌，最後他咬牙切齒用力拍了自己的額頭。

「一定是跟你與阿萌兩個白癡處久了，連我的智商也跟著下降！也是！我為什麼不找隻龍子問個明白就好？」

「可是……阿覡，你知道哪裡有龍子能替我們解答嗎？」

「要找有龍子形貌的物件，全台從北到南沒有上萬也有上千，但要夠有靈性的，還真沒幾個，偏偏我剛好知道一個，而這個……你也知道。」

黃天佑欣喜：「我知道？我什麼時候知道了？我們可以在哪裡找到那個龍子？」

「訂車票，我們下台南。」

七

疾駛的高鐵上，黃天佑與巫覡明並肩而坐，坐在窗邊的巫覡明意興闌珊望著窗外迅速變遷的景物。

「阿覡，我們為何要特別下台南？」悶得發慌的黃天佑發話。

「萬物皆有靈，但器物要產生靈識並非一朝一夕就能達成，有那個資質，依舊需要靠後天努力。巫家人確實能聽見器靈的聲音，然而召喚那些比較容易產出靈的器，總是事半功倍。」

「什麼器物比較容易產出靈呢？」

黃天佑想起巫覡萌在入侵工地時，曾表示鐵門無法喚出靈，以致她不能表演「摩西過紅海」。

「受人供以香火的，是能召靈中的扛壩子。」巫覡明雙手放在頭後，「這是一個玩具總動員的概念。」

「玩具總動員？」

黃天佑直覺巫覡明又會有一番驚天地泣鬼神，重點是氣死眾人的言論，但他著實不懂巫家人的召靈概念，只能摸摸鼻子詢問。

「被受寵愛的玩具，它們的靈識相較不受寵的那群，啟蒙的較快。換成神靈解釋，不是有人說過廟宇信徒夠多香火夠旺，那間廟宇就越靈驗？器靈也是同樣概念。」

黃天佑細細咀嚼巫覡明的話：「聽你這麼說，你已經知道我們要找的龍子在台南的哪裡了？」

黃天佑原以為巫覡明會特地下台南是因為台南的百年廟宇數量多，如今聽來巫覡明似乎已經有鎖定的對象。

「清朝時，皇帝為紀念功績，特別以花崗岩雕製十則碑文，這十則碑文又以十尊贔屭為座。其中一尊贔屭來台時，不慎落海，百年後卻又被漁民發現。當地人認為這是神蹟，因此帶回廟中供奉。你知道我講得是哪尊贔屭了嗎？」

「該不會就是上回我在台南看到的那隻烏龜！」黃天佑驚叫。

「請正名贔屭，不然也尊稱祂白蓮聖母。」

「……等等，阿覡，那裡我去過，保安路整條路都是人，那間廟的香客更是多到人山人海……」

「你是恐龍嗎？反射神經從台北跑到屏東才會通嗎？我都已經說受人香火的器物最容

易召靈，難道我還會自討苦吃去找一個被丟在荒郊野外的塑像嗎？」

「可、可是……人多……我們在那不就……」

黃天佑已經慌亂到不知該如何表達他的忌諱；身為一個前途大有可為的良好青年，他絕對不想在人多的地方對著民眾供奉的贔屭喃喃自語，更別提可能在大夥面前為了完成巫覡開出的不可能任務而被旁人當成神經病！

「我們晚上再忙，難得到台南了，我要見識台南美食到底有多厲害。」巫覡明勾起嘴角，滿臉欲使壞的邪惡表情。

在吃完擔仔麵、鱔魚意麵、碗粿、煎魚腸、冬瓜茶，逛了兩場夜市後，黃天佑幾乎是用命拖著腳步才有辦法跟在巫覡明身後。

時間已過十點，路上店家多半歇業，人煙罕至。巫覡明帶著黃天佑到了保安路上最大間的廟宇。

廟門深鎖，黃天佑仰頭望著接近三層樓高的廟宇，一臉絕望地回頭看著巫覡明。

「阿覡，白天人太多我們不方便辦事，可是晚上人家門都關了，我們怎麼進去？」

巫覡明從廟宇正門往右側移動，右側的店家緊鄰廟宇，中間隔著一條不甚寬敞的巷弄，水管攀爬磚牆，巡邏箱在夜色下散發光暈，他揚起一抹怪異微笑。

黃天佑知道當巫覡明這麼笑的時候準沒好事！他的視線來回游走一樓緊鎖的廟門與二樓的雕花圍牆，心中盤算巫覡明身上有沒有童軍繩。

巫覡明沒做任何表示，只是瞇著眼看往巡邏箱。

「沒有監視器，很好。黃呆瓜，嘴巴閉起來，喊出聲我就毒啞你。」

「出什麼聲？」

在黃天佑還沒理清狀況前，他的衣領突然被巫覡明揪住，巫覡明力氣大的將對方單手扯離地面，緊接著迅速跳上巡邏箱，以巡邏箱當支點躍起，一把將黃天佑甩入二樓，自己則以單腳獨立的優雅姿態踏上二樓圍牆。

可憐的巡邏箱因為當了巫覡明的跳板，被扯離牆面，碰的一聲砸在地面，在夜深人靜的巷弄產生巨大噪音。

黃天佑根本沒有機會喊出聲，一切發生的太突然，眼冒金星的他除了感覺全身痛到快散外，壓根沒有心神尖叫。

自從認識巫覡明與巫覡萌這對堂兄妹後，黃天佑覺得自己時不時被當成沙包扔。

「雖然姿勢醜了些，至少沒叫，有進步。」巫覡明彎著腰看往仍貼在地板的黃天佑。

「過獎、過獎……」

「贔屭在一樓。」

巫覡明直接跨過黃天佑，旁若無人逕自往一樓前進。

黃天佑在確認自己的下巴沒有脫臼後，趕忙跟上巫覡明的步伐。

夜間的無人廟宇燭火全滅，昏暗的空間可謂伸手不見五指。巫覡明左手燃起一枚火光，他們就著微弱光源從二樓下往一樓。

夜闖太平間、夜衝陽明山，這些黃天佑都曾做過，沒想到他的豐功偉業如今還要多加上夜闖知名廟宇！

他們來到一樓，熟門熟路的巫覡明走到邊間，一尊巨大的石龜安放在那，座前除了香爐外還擺放數量不少的礦泉水。

「為什麼有那麼多礦泉水？」黃天佑看過神像前擺放水杯，倒沒看過擺放這麼多礦泉水的。

「聽說這喝了治眼疾，你跟瞎了沒兩樣，趕快誠心膜拜領個兩瓶回家。」巫覡明拍拍黃天佑的肩膀，以鼓勵的口問道。

如果不是礙於巫覡明的淫威，黃天佑真想掐死巫覡明，別說一次，一萬次他都願意。為了轉移注意力，黃天佑看往右側牆上貼的大小報章介紹，再一次對眼前失而復得的贔屭有進一步認識。

「阿覡，報紙說……信眾是將贔屭當作神佛參拜，我們這樣……不會衝撞到神明嗎？」看著資料的黃天佑，戰戰兢兢詢問。

巫覡明搖頭：「我要喚醒的是贔屭原本的器靈，跟後來降身到贔屭身上的神佛沒有關係。」

「我的人生已經夠衰了，我不希望還因為衝撞神佛變得更衰……」

「神佛是很慈悲的，沒閒暇心思去找你麻煩。後退一步，我要喚醒贔屭的器靈。」巫覡明淡漠道，突然眼神變得犀利，「還有，閉上眼睛，膽敢偷看我讓你吃不完兜著走！」

講的好像平常我能吃飽兜著走似……黃天佑在心裡抱怨，口嫌體正直的他依舊乖乖闔起雙眼。

黃天佑感受到周遭空氣開始變得濕熱悶燥，像是有無數個熱水袋以束緊帶捆綁緊貼他的皮膚，雖不至於燙傷卻無法擺脫那股令人氣惱的熱度。廟內的氣體宛如被抽盡，那種真空才有的靜謐感將所有風吹草動無限擴張，他聽到手臂劃過空氣的咻咻聲。

他知道，巫覡明正在跳屬於巫家人的召靈舞蹈。

數分鐘過去，空氣的黏熱感依舊，耳朵卻不再感受真空狀態，巫覡明要黃天佑睜開眼睛。

那受人供奉的石雕贔屭此刻發出凌厲氣勢，接著重物移動的摩擦聲從贔屭身下發出。那尊百年如一的贔屭此刻正昂起頭顱，挪動笨重身軀，無瞳孔的雙眼緊盯著巫覡明與黃天佑兩人，滿溢神獸特有的強大氣魄。

「汝等，為何而來？」

「為了一個笨蛋而來。」巫覡明毫不在乎眼前面對的是龍子的分靈，隨性攤手。

巫覡明飛快將巫覡萌的狀況簡而明瞭告知贔屭，黃天佑一語不發，只是緊張兮兮地直盯贔屭。被巫覡明認證毫無靈感的他今天竟然可以看到雄霸一方的神獸開口，作夢也想不到。

「龍子厭人，鮮少留在人類身邊，汝等所言確實不尋常。」

贔屭的聲音恢弘無匹，如雷聲在兩人耳中迴盪。贔屭的氣勢凌人，黃天佑幾乎是以標準的立正姿勢站在神獸身前。

「不過贔屭殿下，狀況再不尋常也被我們遇到了。」巫覡明點頭，「還有，其實我們之間可以更閒話家常一些，還請將威壓撤下，不然旁邊的楞小子已經被祢嚇到老年癡呆。」

黃天佑莫名成為焦點，他神情慌張地看著巫覡明，心中不停咆哮關他什麼事。

「這樣甚好，吾也厭煩裝模作樣。」贔屭突然撤下凌厲氣勢，一派輕鬆道，「吾等總被告誡不能丟本靈顏面，遇見生靈必須正經以待。吾在大海中受人冷落，沒想到一回岸上就是受人供奉，連點喘息時間都沒有。」

贔屭突變的語氣讓黃天佑直想準備可樂與爆米花放在對方面前，肩並肩話家常。

巫覡明踹了黃天佑一腳：「尊敬點。就算是分靈，人家好歹承襲贔屭的神格，不是你這種普通人類能稱兄道弟的。」

「我……我什麼都沒說呀！還有我是人類難道阿覡你就不是人類？」被看破心思的黃天佑有苦難言。

「所以我特別加上『普通』兩個字。」

巫覡明從口袋撈出手機，點開相簿找到那張翻拍的X光片，他蹲低身子，將螢幕對準贔屭的雙眼。

「贔屭大人，這是我那位笨蛋堂妹的大腦顯影，祢看得出來這是哪位龍子嗎？」

工匠並未清楚雕琢贔屭的瞳孔，那雙彷彿目無可視的眼眸專心凝視巫覡明的手機。

「吾與其他位商討一番。」

贔屭留下這句話後，將巫覡明與黃天佑留給沉默。

「贔屭殿下要跟誰商量呀？」黃天佑不明所以，巴望巫覡明替自己解惑。

「這裡的贔屭是承襲遠古時代那位真正贔屭的神格產生的分靈，若用你也能理解的講法就是終端機下的子機。終端機只有一個，但子機可以有無數個。我們眼前的贔屭殿下只是這世界上無數子機中的一位。我想祂現在應該是將情報與其他子機共享，並上傳終端機。」

「雲端共享的概念。」黃天佑恍然大悟。

「吾等討論過了。」贔屭突然開口，「汝的圖片甚是模糊，吾等無法知悉是哪位兄弟。」

「阿萌這成事不足敗事有餘的傢伙。」巫覡明抱怨。

「然而，吾仍是在汝等身上感受到兄長氣息。」

巫覡明眼睛一亮，身為龍生九子老六的贔屭竟然稱對方為兄長，也就是一口氣將八位可能名單縮至五名。

「汝等身上有狻猊的氣味。」

「狻猊的氣味？龍有味道嗎？」黃天佑看往巫覡明。

「狻猊……」巫覡明沉思，「煙的氣味嗎？」

「正是。」

贔屭了然答覆巫覡明。

「那就先謝過贔屭殿下！等我們解決那笨蛋的麻煩，會再來向殿下還願致意。」

「靜候佳音。」

巫覡明徒手淩空一劃，贔屭恢復原本亙古不動的石像之姿。

廟宇又陷入寂靜，昏黑的空間全仰賴巫覡明手上的火光。黃天佑瞥往火源，那團火焰懸浮在巫覡明的指尖，無比詭異。

但在黃天佑莫名被蠱師鎖定、看見體無完膚卻依然能行走的血人後，指尖出現火焰已經不再是會令他惶恐的事，他甚至覺得巫覡明指尖的火焰可以再大些，省得他必須瞇著眼睛才看得清周遭。

「好了。我們問完了，可以撤了。記得把你的水帶上。」巫覡明涼涼道。

「所以我們可以回家了？只是阿覡，我們要怎麼離開？」

黃天佑望向右側深鎖的廟門，忐忑不安詢問巫覡明。

巫覡明歪頭對著黃天佑微笑：「怎麼來就怎麼回去囉。」

黃天佑終於學會如何以腹部脂肪緩解下墜力道又是另一則故事。

※ ※

臀部與腹部雙雙疼得難受到想坐輪椅行動的黃天佑在好一番折騰下終於從台南返抵位於陽明山的巫山館。

雖然巫覡萌依舊昏睡中，但他們好歹摸清楚是哪位龍子闖禍，黃天佑感到未來一片光明，對巫覡萌的狀況也不像之前擔憂。經歷一連串「神鬼傳奇」的他毫無睡意，腎上腺素更是激增到讓他想提前唱凱旋之歌。

「你會不會太樂觀了？」巫覡明打開杯蓋，熱氣與茶葉清香撲鼻而來。

「你以為鎖定是哪位龍子工作就結束了嗎？老大囚牛常出現在樂器上、老二睚眥則是刀劍、老三嘲風出現於建築、老四蒲牢出現在洪鐘提樑、老五狻猊則是在香爐或者佛座、老七狴犴出現門上雕飾、老八負屭則是石碑、老九螭吻更是出現在脊梁。撇開嘲風跟螭吻，狻猊幾乎是最常出現在生活中的龍子！我們現在跟大海撈針沒兩樣。」

聽聞巫覡明解釋的黃天佑陷入惶恐；光是到台南一趟，他就看見數以難計的廟宇，廟宇上出現的龍神形象更是超乎想像的多！就算鎖定讓巫覡萌昏迷不醒的罪魁禍首是狻猊，也只是給了他們一個大方向，離解決事情還有一大段路要走。

「我看我必須去跟案主壓榨出更多線索。」巫覡明抿了一口熱茶。

「案主不是巫小姐嗎？」

「她才沒那膽量直接找我求救。」巫覡明突然變得咬牙切齒，「巫覡芊，我的好姑姑。」

巫覡明毫不在意現在是凌晨，想到什麼便做什麼，直接撥了電話給巫覡芊。

電話另一頭的巫覡芊或許已睡，也可能在忙，電話響了好半晌都無人應答。巫覡明的眉毛隨著時間過去越鎖越緊，他掛斷電話，又撥了另一組不同號碼。

這回電話倒接得快多了，巫覡芊的聲音從話筒另一端傳來。

「姑姑，妳會不會太晚接電話了？」

「阿明，你也不看看現在幾點，我們女人需要美容覺呀……」

「把我想知道的告訴我，隨便妳睡到翻了都無所謂。姑姑，阿萌這一個月的行程，妳知道多少？」

「就很平常呀！到工地上班、替人解決麻煩，唔……我想起來了！上個月阿萌有去聯誼。」

「所以她是聯誼失敗，姑姑才來找我幫她終結單身？」巫覡明捕捉話中重點。

巫覡芊見事跡敗露，只好四兩撥千金。

「那不是重點啦！阿明，我記得阿萌好像有去參觀什麼文物展……。」

「阿萌這種德性居然有人會帶她看展？對方難道看不出來就算看再多展，阿萌也不會變成氣質美少女嗎？」

「對方從事藝文產業，剛好有公關票，就借花獻佛囉。」巫覡芊放棄與後輩辯駁。

巫覡明掛斷電話，在一旁的黃天佑聽個仔仔細細。

「阿覡，就算我們知道巫小姐可能是在展覽遇見狻猊，可是台灣的展覽那麼多，我們怎麼知道要去哪個展覽？」

「還不簡單？叫阿萌起床直接問她呀！」巫覡明理所當然回覆。

黃天佑無比震驚：「你知道怎麼讓巫小姐醒過來？」

「廢話，老子是天才。」

巫覡明拿起桌上的便條紙，到書櫃取了一支小圭，咬破自己的指尖，以筆蘸著鮮血在便條紙上慢慢地畫出繁複的圖騰。

「那你怎麼不早點用這方法讓巫小姐醒來？」看著胸有成竹的巫覡明，黃天佑只差沒氣死。

「這方法好用是好用，缺點就是會讓人少活幾天。」

「你是說會、會短命？」

「不然你以為強制讓人醒來無須負擔任何代價？」巫覡明鄙夷望著黃天佑。

「那我們還是想其他辦法好了！」

「不需要。巫家人對生死一向看的很淡，況且我們活到壽終正寢的還沒幾人！少活幾天不算什麼。我還想趕快送走巫覡萌這尊大佛，有她在家，巫山館的空氣清淨機我都得叫青姨開到最大。」巫覡明揮揮手。

巫覡明一連畫了七張符，符紙上的圖騰複雜到黃天佑頭痛的程度。

「貪狼、巨門、祿存、文曲、廉貞、武曲、破軍。」手持符紙的巫覡明疾聲道。

符紙以違背科學常理的態勢，依特定方位覆上巫覡萌的身軀。黃天佑感動身為理組的自己好歹上過幾堂地球科學課，他知道符紙的排列恰巧與北斗七星一樣。

「恭請七星君，速降。」

巫覡明換了個手勢，在他說完話的同一時刻，符紙產生亮光，最後亮光成為火焰，符紙在巫覡萌身上直接燃燒。

黃天佑有股救火的衝動，但巫覡明聞「火」不動，自己若著急去搬水桶，恐怕等會那桶水會淪落到讓自己玩冰桶遊戲的份上，黃天佑只好原地不動。

符紙化為灰燼，奇妙的是不像往昔黃天佑在廟宇焚燒金紙，呈現的是「塊狀」殘片，而是化為星光似的粉末。粉末消散在巫覡萌身上，彷彿被她「吸收」，也撤底壟罩了她。

「頭……有些痛。」巫覡萌迷迷糊糊睜開雙眼。

「廢話。睡這麼多，就算沒有腦袋的頭也會痛。」巫覡明依舊用毒舌迎接自家堂妹。

待巫覡明簡單將他與黃天佑在台南詢問贔屭得到的情報告知巫覡萌後，盤著腿的巫覡萌若有所思，接著恍然大悟。

「我在文物展確實看到許多器皿，但我嫌無聊，只是裝得認真，其實半個都沒仔細看，我應該有看到狻猊的香爐，只是當天展品太多記不清了！可是展場有監視系統，夜間還有保全看守，你要怎麼去揪出是哪只器靈作祟？」巫覡萌毫無女人羞赧抓了起疹子的胸脯。

巫覡明沉思，而後他像是想起什麼眼睛一亮。他的表情有些抽搐，接著巫覡明掠過黃天佑與巫覡萌，下樓直接喊人。

「青姨！我老爸送來的東西妳收到哪了？」巫覡明詢問青姨的口氣有些急躁。

「峰老爺送的東西嗎？是一瓶紅酒，我已經將紅酒放到酒窖。」

「除了紅酒以外沒別的東西？」

「還有一只資料夾，我放到書房了。」

巫覡明不等青姨，再次上樓衝往書房。黃天佑與巫覡萌趕忙跟著。巫覡明一進到書房馬上發現那只與書房擺設毫不相襯的螢光色資料夾，來來回回書房那麼多趟居然到現在才發現它的存在，巫覡明粗魯地將裡頭的紙張散落桌上，接著發出不悅的嗤聲。

「我就知道那隻老狐狸不會無事獻殷情，搞什麼讓手下送禮這招……」

黃天佑不明白巫覡明一連串舉動所為何事，只是探過頭看往桌上的紙張。

那是一連串人名、時間、地址組合的資料，黃天佑看的一頭霧水。

巫覡明指著名單：「班雅明物業的員工名單，要不要猜猜文物展聘請哪間保全公司負責？」

「阿明，你是說這是文物展的……保全輪值班表？」巫覡萌喃喃。

「應該沒錯，不然老狐狸不會隨便送東西來。」

「有你這麼說自己老爸的嗎？」

「停！」黃天佑覺得頭快爆炸，「我沒有一句有聽明白。」

「峰叔叔……就是阿明的爸爸，他的能力是預知。」巫覡萌好心解釋。

「預知！」黃天佑驚呼。

「聽阿萌鬼扯。我老爸的能力只是能偶爾看到一些未來的片段，離『預知』還有八千公里那麼遠。」

「只能看到未來的片段也很厲害了呀！」黃天佑哀號，沒想到巫家人的道行一山比一山高。

「有閒時間敬佩不該敬佩的人，不如去幫我叫外送，今晚上工。」巫覡明以暴君之姿欺壓無辜的黃天佑。

八

晚間十一點整，吃過飯外加宵夜的三人已在萬華某偏僻公寓埋伏。

「三班制保全，十二點換班，我們就來看看倒楣的張珩凱什麼時候出門。」

副駕駛座的巫覡明老神在在。

「敢問巫大人，等等看到目標……你打算怎麼做？」

「交給阿萌，反正她會想辦法弄暈他，讓張珩凱慘到連他媽媽都記不得。」

「等等，等會是我要負責弄暈他？」

「是妳把我們拖下水，苦差事由妳來做，簡單活我們辦，合情合理。」巫覡明的口氣一貫的理所當然。

巫覡萌嘆氣，大病初癒的她乾脆認命。

「好在張珩凱住的是公寓，若是有停車場的大樓，從地下室直接開車出門，要處理他就麻煩多了。」

十一點十五分，穿著保全制服的中年男人步伐蹣跚下樓。

「阿萌，上。」巫覡明以召喚寶可夢的口吻指使巫覡萌。

巫覡萌眼神死的將頸子上的銅錢項鍊拆下，巫覡明則在同一時間將車內冷氣轉到最大。巫覡萌甩著銅錢，嗡嗡聲在密閉的車內空間顯得更加響亮。

黃天佑知道巫覡萌的特長是讀取器靈，但他不知道這項特異功能面對一名即將上班的保全有什麼用？

忽然間，不知打哪兒飛來的監視器砸中張珩凱的頭，他應聲倒地。

「靠！死人了！」黃天佑驚呼。

「誰跟你死人了！我有控制力道！」

「不錯，破壞監視器的同時順道打量目標，一石二鳥。阿萌，在巫山館睡果真讓妳開了智慧。」巫覡明難得讚許。

「為什麼被你稱讚，我一點開心的感覺都沒有……」

可憐的張珩凱被苦力活擔當的黃天佑拖上車，接著又在巫覡明的要脅下由黃天佑將之脫個精光。

巫覡萌是女孩子身材又發育良好，完全偽裝不起男人，而貴公子巫覡明又死活不願意穿他人衣服，偽裝張珩凱的苦差事橫豎又落到黃天佑身上。

他眼神哀怨地將班雅明物業的制服套上。

黃天佑指著胸前的識別證：「張珩凱在這，他長什麼樣我看得一清二楚，就算瞎子來看也不會認錯我們，我怎麼可能假扮他？」

「我沒帶材料，而且我覺得我今天出力出夠多了。」巫覡萌牛頭不對馬嘴道，雙手一攤，耍賴無敵。

巫覡明搖頭：「早知道妳這傢伙沒用，幸虧睿智的我有提前準備。」

巫覡明不知從哪撈出一堆塑膠袋裝的東西，黃天佑透著車內昏暗的燈光發現那是一堆貌似牙膏、黏土濕潤的不明玩意，顏色混濁，看來就讓人反胃。

巫覡明毫不留情地在昏厥的張珩凱臉上又捏又拉，正當黃天佑在感嘆巫家人對昏迷的人毫不友善時，巫覡明的魔爪瞬間從張珩凱臉上轉向黃天佑。

黃天佑的鼻子被巫覡明用力一拉，對方若有所思道。

「嗯，好在鼻子夠塌，如果比較挺，打扁再處理會很麻煩。」

黃天佑大氣不敢喘一下，任由巫覡明荼毒自己的臉；巫覡明開始將那一袋袋半固態的液體擠在黃天佑臉上，黃天佑心想原來當牙刷就是這種感覺，以後自己刷牙時務必心懷感激……。

「阿明，鼻子要再多擠一點。」旁邊的巫覡萌不忘助紂為虐。

「鼻子果真夠塌。」

黃天佑只能心死地感受冰冷、黏稠的噁心玩意在他臉上左來右去。巫覡明揉捏、輕拍，完全將黃天佑的臉當手拉胚，根本不在乎他也有痛覺。

隨著巫覡明的手勁越來越輕柔、動作越來越少，黃天佑感覺臉上的濕溽黏土開始變得乾燥，甚至感覺不到存在。

「差不多了！搭配一點燈光，應該天衣無縫。」巫覡明抽出濕紙巾，得意擦拭雙手。

「唔，是挺像的。」巫覡萌點頭。

黃天佑著急地打開副駕駛座的鏡子，鏡子裡是一張不屬於他的臉，屬於昏在後座的張珩凱的臉。

「靠！阿覡，你還會作人皮面具？」

「巫家人人丁稀少，學些活下去的技能也在情理之中。」巫覡萌解釋道。

「我認為一般人想活下去會學的技能沒包含開鎖跟易容……」黃天佑覺得自從認識巫家人後，他的三觀天天被顛覆。

「開車吧！『張天佑』，你要遲到了。」

「老張，你遲到了。」負責小夜班的保全埋怨道。

黃天佑冷汗直流，他知道自己的臉與張珩凱如出一轍，聲音卻不可能一樣！遑論他在聽到張珩凱聲音是高是低前，這倒楣鬼就被巫覡萌打暈了！

「算了！展期剩沒幾天，我們再撐一下。」

保全拎起外套，默默離去。

躲在樹叢的巫家兄妹等到保全的身影全然消失，前後跳出來。

「就說老子的手藝不可能出錯，黃呆瓜，你那麼緊張做什麼？」

「要一個良好公民作奸犯科，不緊張是不可能的。」黃天佑語調毫無起伏的反駁。

「阿萌，監視器都停了嗎？」

巫覡萌甩著銅錢：「全都回溯了。」

狻猊的形象多半落在香爐或者佛座，黃天佑樂觀覺得既然物件清單都出來了，他們必定能速速解決，早日離開。

看著黃天佑心安的臉，巫覡明揚起一抹微笑。

「黃呆瓜，你知道我們等等要進去的地方是怎麼來的？」

「不就……文物展？」黃天佑完全不懂巫覡明的問題。

「我沒辦法給你具體數據，我只能說現在檯面上你看到的古物，絕大多數都是挖出來的，至於打哪挖，不外乎就那幾種。你認為……那些以陪葬為由的古物被挖出來，若是有了靈識會做何感想？」

巫覡明的話令黃天佑一震；文物展的文物，美其名是文物，實際上多半是陪葬品居多，也就是所謂的冥器。白天參觀展覽還不覺得恐怖，夜間擅闖又意識到面對的是一堆從死人墓挖出的古董，黃天佑不寒而慄。

「附帶一提，召喚器靈時，容易引起共振。在普通地方召喚，影響不大，在這麼一座古物堆中召喚……」

巫覡明的話讓黃天佑與巫覡萌不安地相視而望。

「歡迎來到博物館驚魂夜。」

巫覡明背對昏暗的展館，露出微笑。

或許只是錯覺，但就因為巫覡明那句語焉不詳的預告，黃天佑總覺得昏暗、封閉的展場似乎衝出一股陰冷氣息，挑高建築隱隱飄散妖異氛圍。

這時候就算跳出殭屍，黃天佑也覺得合情合理。

「巫小姐……我真的沒有其他意思，但您的約會對象居然帶女孩子來看陪葬品……。」黃天佑邊碎念，邊提心吊膽隨兩位巫家人進入展館。

「唉唷！他就說有個地方有冷氣吹又是免費的，我想肥水不落外人田嘛！」巫覡萌甩著銅錢回嘴。

「阿萌，等等站在大門看守，我跟黃呆瓜進去就好。」

「喂！為什麼是我？」黃天佑驚呼。

「等等找到那名罪魁禍首的龍子，天知道阿萌的身體會出現什麼反應？待會她暈倒了，由你負責揹出去？」

黃天佑舉雙手投降。

雖然讓巫覡萌回溯監視器、也擺平警衛，仍不代表周遭居民不會發現展館有所異狀。他們的搜查如履薄冰，甚至不敢明目張膽打開照明設備。

巫覡明以一貫老方法，使用符紙燃起火焰照亮周遭，深怕自己跌倒的黃天佑另外將手機的ＬＥＤ燈打開，並祈禱黃家祖上有靈，能讓他平安脫身，不要誤了黃家世代清白的好名聲。

「這回展覽的招牌是什麼呢……」

巫覡明不知道從哪拿來簡介，就著昏暗火光展開，他若有所思細細品味，接著興致盎然地望向黃天佑。

「本以為是個沒什麼看頭的小展，沒想到還真有幾件有趣的東西！如果不是贗品，等會應該會非常好玩。」

聽到巫覡明以「好玩」形容任務，黃天佑就知道等會必然生死交關，他痛定思痛，如果這回他能平安脫身，他馬上找熟識的法界朋友立定遺囑，免得到時候死得不明不白外，還害黃家兩老不知如何處理他的遺物。

貼齊牆壁的玻璃櫃放著一件又一件古文物，從黃天佑有辦法辨識的武器、陶俑，一路到他覺得幾乎與拼圖沒兩樣、無從辨別材質的破片。倘若是平常，或許他還有閒情逸致仔細觀賞，可在這危如走鋼索的節骨眼，他只想趕快找到狻猊，離開這裡。

「喔！來了！本次展覽頭牌！黃傻子，不來看個兩眼你這次就算白來了。」巫覡明突然停下腳步，語帶笑意對著中央一只寬矮玻璃櫃道。

「我記得我們這次來的目的是為了找狻猊……只要能找到都不算白來。」

黃天佑壓根不想看，礙於巫覡明催促，只能驅使腳步與他並肩而立。

沒看還好，一看只差沒有暈倒。

毫無史學素養的黃天佑，雖不知眼前的展品有何來歷，但看到一具等身大、暗色、斑駁的人型塑像安穩躺在玻璃櫃中，仍差點叫出聲。

「什麼東西、這是什麼東西！」黃天佑的聲音變得如師爺一樣尖銳。

「這是玉衣。」

「浴、浴衣？你是說日本人夏天穿的很像和服的衣服嗎？」黃天佑抱著一絲希望，想當然爾他的希望換來的是巫覡明毫不避諱的嘲笑。

「黃天佑，雖然花火節快到了，只是你這話講得不但不應景，還蠢得很。『玉衣』，三橫一豎再一點的玉，玉珮的玉，衣服的衣。恭喜你還講對一個字。」

「玉衣……是玉做的衣服吧？」黃天佑鬆口氣。

「沒錯，用玉片串成的衣服。」巫覡明的語氣如唱歌歡快，「既然叫衣，自然是包在身體上的！實物在這，你應該看得出來這件玉衣是從頭包到腳，因此必定與穿衣的人的身材、高度一致。玉衣是用來罩屍的殮服，至於製作者希望玉衣有什麼功用，後世學者則說法不一。」

罩屍兩個字在黃天佑耳中響起晴天霹靂的配樂。

「那麼完整的玉衣不多見，這場展覽光是看到這具就值回票價了。」巫覡明還不忘繼續搧風點火。

「阿覡……你說玉衣是用來……罩屍……所以那裡面曾經有……」

「曾經有屍體呀！所以我才說能拆得那麼完整不多見。要知道盜墓者看到玉衣，可是刀子一割整件裝袋。」

黃天佑壓根不想再在文物展多待一秒。

「阿——明——，麻煩你們找快一點，要維持監視器挺累的。」巫覡萌的聲音從遠方傳來。

巫覡萌的聲音如旱地驟降甘霖、如投入洪流的救生圈，黃天佑點頭如搗蒜。沒錯，巫覡萌說得沒錯，沒有一個字有錯！

「阿覡，我們速戰速決，趕快找到狻猊，手牽手回家去。」

「我是很想快點，只是我有沒有提醒過你一件有點麻煩的事？」

「什麼麻煩事？」黃天佑的危機雷達開始鳴笛。

「我的體質比較特殊，平常還好，一旦到了這種古物特多的地方，就算不召靈……」

於巫覡明說話的同時，玻璃櫃發出不詳聲響，窸窸窣窣，從隱約到張揚。玻璃壁冒出細白蛛絲，白色絲線攀爬，黃天佑看到玉衣微撐起身，以拳敲擊玻璃壁。

「還是很容易引起器靈共鳴。」巫覡明語畢。

玻璃碎裂，玉衣以人的形狀破繭而出。

「媽的！」黃天佑的聲音全然成為破音。

玉衣的動作好似《環太平洋》的機甲獵人，笨重、緩慢，攻擊不具強烈威脅，卻因為外型令人異常恐懼。

「動不動就大呼小叫，你孟姜女投胎？」巫覡明大辣辣閃過玉衣，順手用折刀在玉衣中間一勾。

巫覡明的刀尖準確勾起玉片間的銅線，他的手勁快而狠，也相當不留情面。沒有細線串聯玉片，玉片再也無法成型，玉衣隨著動作慢慢流淌，洩了整地。

巫覡明轉著折刀，吹起口哨：「唷呼！黃呆瓜，我是為了你才破壞國寶唷！」

黃天佑看著堆滿地板的玉片，再看著巫覡明興高采烈的表情。

算了！他認栽！是為了救他還是只是有機會破壞國寶都無所謂，黃天佑只求盡快解決任務！

「阿覡，我們碰到的每一件古物都會遇到類似狀況嗎？」

「最好不會，但我蠻希望會，畢竟有機會光明正大破壞國家寶藏實在太過癮。」見著黃天佑宛如吞了活青蛙的窘臉，巫覡明趕緊補充，「放心，會爬起來的多半是有形體的，那種有手有腳的最容易被影響。若是連刀子都爬起來，我們不就成為馬戲團了？」

「你們現在跟馬戲團也差不多！」巫覡萌的聲音又從遠方傳來。

「阿萌！妳再吵，等下我找到狻猊，我就當場敲碎，讓祂繼續纏著妳！」

巫覡萌沒再發話，就算是她也害怕巫覡明的恐嚇。

「狻猊會在的香爐……應該不大吧？」黃天佑四處張望，找尋可能像香爐的物件。

「嗯。理論上是如此，我們不用對付毛公鼎實在太好了。」

黃天佑開始領頭，有了方才的經驗，他知道再任由巫覡明到處亂竄，吃虧的一定是自己，既然已入虎口，不如早點找到那隻老虎打完收工。

領頭的黃天佑瞇著眼，避開所有形體明確的古物；人形的，絕對避開、獸形的，謝謝再聯絡。

既然是香爐，黃天佑的目標便放在「碗」、「鍋」、「盆」上，這是史學貧乏的他對於香爐外型的見解。黃天佑的腳步又急又快，全心全意投注於尋找狻猊上，以至於忽略巫覡明飛快踹來的一腳。

下盤不穩的黃天佑又這麼摔個四腳朝天。

「巫覡明！」他氣到連名帶姓喊了混世魔王。

「白癡！看狀況！」巫覡明大喊。

此刻黃天佑才驚覺有一團顏色晦澀的球體撞破玻璃櫃，如彈珠彈射，活活將他與巫覡明當靶子打。

「你不是說只需要防範有形體的嗎！怎麼這一團球也活過來了！」

「你不只笨還是瞎的！那是球嗎？那是玉蟬！」

黃天佑定睛查看，雖然雕工不甚細膩，但彈來飛去的小玩意確實不是單純球體，身形橢圓，尖端兩只凸眼，身體上幾條刻線似乎充當了翅膀。

「這是蟬？這哪是蟬！這雕的也太混了！」

「塞死人嘴巴的誰跟你講究？」

黃天佑一想到那是沾過死人口水的玩意，閃躲的身法不禁俐落起來。

「阿覡你快想辦法！」

「你吩咐，我照辦！」

聽到巫覡明接受自己的懇求，黃天佑一驚，驚訝完後直覺告訴他案情不單純，巫覡明怎麼可能突然良心發現、苦海回頭、放下屠刀立地成佛不再欺負他而是真心實意想救他？

「碰！」

巫覡明春風滿面踢破黃天佑身後的玻璃櫃，抽出櫃中貌如銅鑼的文物。巫覡明盯上玉蟬，將銅鑼當作捕蚊拍，一把朝玉蟬揮下！完美擊中玉蟬的同時，巫覡明藉由力道順勢將玉蟬罩在銅鑼內，以體重將之壓在地。管牠是碎了還是沒碎全讓銅鑼關在內，如法海以雷峰塔鎮壓白素貞，除非鐵柱開花不然無法脫身。

「阿覡……就算是放在死人嘴哩，應該也是國寶吧？」

「當然。」巫覡明探頭看了下說明牌，「漢朝的。」

「阿覡，我們還沒找到狻猊就差不多把文物展給拆了……」

「還拆不夠呢！」巫覡明用下巴指著黃天佑身後，「大隻的來了。」

黃天佑回身，不知不覺他們已來到這條動線的最末端，緊貼牆壁的是超越身高的巨大玻璃櫃，裡頭只有一件獨立展品，而那件展品已然振翅。

「為什麼華夏文物展會有人面獅身像！」黃天佑大驚失色。

此刻別說欲哭無淚，要黃天佑立刻化身孝女白琴都可以。

「這是鎮墓獸，鎮墓避邪用的。」

被龜裂玻璃籠罩的鎮墓獸，人面獸身，嘴角露出獠牙，蓄鬍，雙目圓睜，背後有兩道翅膀，雙腿成馬蹄狀，渾身色彩斑駁，但大抵看得出來應是用了黃褐、綠白幾色。

「避邪？我看最邪門的就祂啦！」黃天佑顫抖。

「你看祂的頭，好像大……」巫覡明煞風景偷笑。

鎮墓獸的頭採螺旋狀上升，黃天佑本被祂怒目獠牙的模樣嚇到，現在注意力全被那顆螺旋頭吸引，再也不覺得恐懼，反而與巫覡明同樣覺得鎮墓神獸頭頂了穢物。

「該死！」黃天佑用雙手用力打了自己的臉頰。「巫覡明！你有點文化素養！對國寶尊重點好嗎！」

「在場我最有文化素養。」巫覡明不屑撇嘴，「鎮墓獸大人，敝人與身旁的呆瓜不是盜墓賊，純粹因故經過，祢大人有大量，該往哪報仇就往哪去，別管咱們。」

面對巫覡明三分嬉笑兩分認真的宣告，鎮墓獸不予理會，依舊以堅韌的翅膀嘗試突破玻璃櫃禁錮。

巫覡明的臉色微微改變。

「阿覡，你該不會以為鎮墓獸聽了你的話就會安分下來吧？」

以巫覡明的往日素行，黃天佑幾乎十拿九準巫覡明方才的宣告只是玩笑話，然而從對方的表情看來又好像不是這麼回事。

「東漢時期流行的鎮墓獸叫獬豸，是司法公正的象徵，還有人說鎮墓獸是方相氏。方相氏能驅趕鬼疫。不論為何，總歸是用來驅除災厄用的。」

巫覡明拉起弓箭步，穩住下盤。

「不管鎮墓獸究竟是由哪種神獸擔當，後人希冀的形象必然是正氣浩然，公正無私，驅邪除厄。鎮墓獸多半好溝通，不會這樣無視求和，橫衝直撞！」

「你那番話叫求和？這麼大隻的鎮墓獸一看就覺得不能溝通！」

「這叫大隻？」巫覡明回頭一笑，「下回帶你去巫家祖墳看看，你才知道什麼叫大隻。」

「敢問你們巫家祖墳是用來觀光遊憩的嗎！」

鎮墓獸振翅的力道終於引發共振，震碎了玻璃櫃。

「黃天佑，比照地震來了料理自己！」巫覡明大聲一喝，整個人朝鎮墓獸彈去。

黃天佑立即朝最穩固的玻璃櫃跑去，抱著頭，棲身陰影中。

「阿覡！你踢碎鎮墓獸不就得了！」看不見戰場的黃天佑大喊。

生死交關下，黃天佑再也無暇顧忌文物的珍貴，只求巫覡明盡快解決鎮墓獸。

「你以為神獸那麼好解決嗎？我打破祂的身體，不就恰好解除祂與現世的禁錮？到時候我們說不定要面對真真正正的神靈！」

巫覡明的喊叫令黃天佑惡寒襲身。在巫覡明此話一出之前，黃天佑只將現場所有文物當作單純冥器，直至巫覡明提點，他才恍然大悟——死亡是與神靈鬼魅最接近的時刻，冥器之中究竟隱藏多少不為人知的神鬼力量？

巫覡明閃躲鎮墓獸蠻橫撞擊的同時，不忘引導對方往牆壁而非展品靠近。一隻鎮墓獸已經夠纏人，若讓祂喚醒更多文物，吃不完兜著走的只有自己。巫覡明從鎮墓獸的造型與釉彩稍稍推斷對方的年份，若他沒猜錯，這尊三彩貼金的鎮墓獸應該出於唐代。

然而若是出現在唐代，有一點又似乎不太吻合當時的藝術技法。

巫覡明直盯鎮墓獸胸前的深紅色；唐代的彩陶確實不只侷限平常見的「黃褐綠」三彩，然而之於紅色，唐代彩陶呈現的應是褐紅釉色而非鎮墓獸胸前的鮮豔朱紅。

而隨著與鎮墓獸的纏鬥，巫覡明赫然發現鎮墓獸胸前的紅色越發豔麗。

他靈光一閃。

「阿萌過來幫我制住鎮墓獸的身體！」

「可是你不是叫我處理監視系統跟把風嗎？」巫覡萌的聲音在破碎的玻璃聲中略顯模糊。

「妳不會同時幹嗎！」巫覡明再次懷疑自家堂妹的智商。

「你是慣老闆！」

巫覡萌離開大門，甩著銅錢串朝巫覡明衝了過來。巫覡萌身手矯健越過散落滿地的玻璃碎片以及慘不忍睹的玻璃櫃，最終落地在巫覡明背後。

「定住祂就可以了嗎？」

巫覡萌好歹是個器靈師，在真正面對鎮墓獸時，她自然第一時間感受到鎮墓獸的不對勁。

「阿覡，這隻鎮墓獸……」

「連妳都有感覺，那我就不用多下功夫探查，省了一道步驟。妳快定住祂！」

巫覡萌拆開銅錢，將銅錢拋擲到離鎮墓獸不足一尺的四角，銅錢冒出幽暗紅線，紅線彼此串聯，如紅外線牢籠將鎮墓獸困住。

「阿覡！這鎮墓獸陰氣太重，我定不了多久！」

「30秒妳都定不住的話，妳直接去投胎好了！」

巫覡明即便在鬥嘴，也沒停下動作；他雙手一張，提腕攤掌，中指與拇指相扣，抬起右腿，在混亂的展場跳起極度陰柔的舞蹈。

也因為打鬥聲停歇，黃天佑擔憂地抬起頭察看，恰巧將巫覡明惑人的舞蹈盡收眼底。跳舞的巫覡明渾身縈繞神魔並行的氛圍；若是配上莊嚴肅穆的神樂，巫覡明的舞蹈就像在祭典跳起的謝天舞。若是在陰暗場域搭配詭異配樂，又好似女巫慶典中用來感謝撒旦降臨的舞蹈。

黃天佑看得入神，隨後趕來的求生欲適時提醒他巫覡明的舞蹈不可遠觀亦不可褻玩，他趕忙將頭再往內縮一些，免得巫覡明發覺自己的偷窺。

黃天佑還記得巫家人凡是能召靈者，才有資格冠上「覡」字。如今鎮墓獸的器靈已醒，他不明白巫覡明跳舞是想召喚何人、何物的靈魂？

「抓到了！給老子出來！」

巫覡明揮舞的手勢突然像抓住什麼東西，五指緊縮，貌似想憑空拉出什麼。

在鎮墓獸胸前的朱紅色痕跡中，開始出現幽白影子。黃天佑發現幽白影子居然是一個人的頭顱，或許該說是頭部，幽白人影隱遁在那道朱紅色痕跡！

幽白人影被巫覡明無視距離的手完全抓出，那是一名穿著破爛古服的瘦小男人，他胡亂揮舞雙手，試圖以動作表達自己的恐懼。

巫覡明沒理會，空閒的手燃起一道火焰，那道火焰不帶正常焰色，而是充滿淡藍、淺紫等不合常理的冷色調。冷色火焰焚上人影，從他拼命掙扎的痛苦神情判斷，黃天佑知道巫覡明的火焰必然連不具實體的人、物都能燃燒殆盡。

人影完全受火焰吞噬。

巫覡明停下動作，連方才吃力制服鎮墓獸的巫覡萌神情也變得輕鬆起來。

「唔！怎麼聽話了？」巫覡萌詫異望著不動如山的鎮墓獸。

「作祟的被我燒了，當然乖了。黃呆瓜！可以出來了！」

黃天佑嚇了一跳，差點咬到舌頭，趕忙探出身，一臉無辜。

「阿、阿覡，你們擺平鎮墓獸了呀？」黃天佑心虛詢問。

「阿明，我不懂為什麼鎮墓獸會寄居著人類靈魂？我沒聽過鎮墓獸的製作要採用活人獻祭的方式。」巫覡萌滿臉疑惑。

「那個人是盜墓賊。」巫覡明伸手觸摸鎮墓獸，「帶了一票人盜墓，最後同伴窩裡反，剛才那傢伙在打鬥中不慎撞上鎮墓獸當場慘死。墓穴本來就是極陰之地，他又恰巧枉死，陰錯陽差與鎮墓獸的器靈合而為一。」

如電影情節的畫面浮現黃天佑眼前。竊盜珍品的盜墓賊之一，於墓穴口萌生歹念，一把將同伴推往死地。

「那個……我是不該打岔，但你們覺得我們這次的目標會不會是……這件？」

巫覡萌手指右方展櫃，展櫃內有三件文物，中間那件怎麼看都像香爐。

那只香爐約手掌高，爐體鎏金，爐身雕滿蓮花，爐頂則裝飾一只小獸。
「狻猊。」巫覡明指著爐頂小獸。
巫覡明口中的狻猊，於黃天佑眼中其實更像廟門前的石獅子，毫無傳統「龍」的形象，但想到同為龍生九子的「贔屭」，長得像烏龜，狻猊長得如石獅子好像也沒什麼。
巫覡明瞥了香爐一眼，接著一拳敲破展櫃取出香爐。
黃天佑對自己感到習以為常的心流下一滴眼淚。
「阿萌，從現在起把監視器直接回溯半小時。」
聽聞巫覡明的命令，巫覡萌沒多做反應，轉起銅錢，直覺照做。
「好了，半小時。可是你為什麼要我直接回溯半小時？」
巫覡明轉頭面向黃天佑：「黃呆瓜。襪子還是手帕，有什麼布貢獻什麼布。」
黃天佑撈出口袋的手帕：「手帕有是有啦……只是你想做什麼？」
巫覡明沒多說，直接抽走手帕，一把塞入巫覡萌嘴裡，然後一記手刀讓自家堂妹當場昏厥倒地，動作行雲流水，彷彿幹過好幾回。巫覡明蹲下身將香爐安穩放置在巫覡萌身邊，對於自家堂妹東倒西歪的躺姿倒是愛理不理。
「阿覡你做什麼？」
「我要喚醒狻猊了！阿萌繼續醒著只會阻礙我。」
望著不省人事的巫覡萌，黃天佑頓悟巫覡明這傢伙別說當朋友，原來連親戚都不能當。

於黃天佑感嘆間，巫覡明已洋洋灑灑念了好長一串不明文句，最後他停下手勢，站直身軀。

「恭請，狻猊現身。」

巫覡萌與香爐間出現了小型風暴，風暴遊走在他們之間。

「黃呆瓜，給你貧脊的腦袋一些常識。器皿產生器靈，除了天資與後天受人膜拜外，還需要時間。器靈是戀舊的，器靈捨棄原本的器身幾乎是不可能發生的事。」

黃天佑的目光從超自然小型風暴回到巫覡明身上。

風暴漸漸止歇，若有似無的身影從中現身。

「先提醒你，免得待會你嚇暈了，我還要等阿萌起床來吻醒你。脫離宿體的神獸，將不受拘束，呈現靈體狀態，甚至會比還是器物時承襲更多神格。所以……待會如果面對堪比山高的狻猊，也別太驚訝。」

黃天佑摀緊耳朵，準備迎接一代神獸勢如破竹的現身。

然而，本來預計那種堪比響雷的吼叫、震撼大地的步伐全未出現，反倒聽見如貓叫的微弱聲響。

待風暴完全散去，一隻與轉蛋吊飾等大的小獅子，在原地跑來蹦去。

「……阿覡，這就是你說的……狻猊嗎？」

「啊哈哈！也太可愛了！」巫覡明笑到噴出眼淚，毫不敬畏神獸地將小狻猊由後頸夾起，讓祂在半空中晃呀晃。

小狻猊四腿狂踢，試圖逼迫巫覡明放自己下來，然而巫覡明怎麼可能會受一只不足十公分高的神獸威嚇？

「放我下來！」

「話說祢怎麼會小到這樣？」

巫覡明將小狻猊舉齊至眼，凝神細看眼前的小神獸。

「還、還不是你們人類搞的！」小狻猊直瞪著巫覡萌旁邊的香爐。

巫覡明順著狻猊的視線，同樣盯著香爐查看，最後他恍然大悟。

「仿品？」

「這個香爐是仿品？可是仿品怎麼會存在著狻猊呢？」黃天佑不解。

「去！還是這小子說得對！」小狻猊老大不高興，「我可能屈就於仿品嗎？」

巫覡明摸著下巴：「說仿品也不盡然正確，該說那個香爐，只剩下爐鼎的狻猊是古物，其他都是修復人員製作，我說的對吧？」

黃天佑看著手掌高的香爐，一整個香爐居然只剩爐頂數公分高的狻猊是原物？這樣還稱得上是「古物原件」嗎？

「這種修復方式確實不符合程序，不過總有些無良的考古人員與修復師沆瀣一氣，想賺點名頭。」巫覡明瞥了香爐的說明卡，「這間借出文物的博物館就是箇中翹楚，以假亂真、新品仿古都是常態。」

「我的身體只剩下這樣，神格便漸漸消散。」小狻猊哀戚道。

「所以祢為什麼纏上阿萌？」巫覡明用下巴指著巫覡萌。

「那個姑娘靈力夠，又有我喜歡的煙，我在她那一定可以凝聚回原本的神格。」

「也就是說阿萌被當作爐鼎了？」

「停！什麼是爐鼎？」被晾在一旁的黃天佑急忙打岔。

「修真界對『爐鼎』自有定義，但放在阿萌身上有點偏離，用你不會想歪的方式解釋，就是阿萌整個身體被狻猊當做新的香爐。」

人可以當作器具嗎？黃天佑納悶。巫覡明的話就好像告訴他只要他想，張嘴就能成為洗衣機一樣離奇。

「瞧祢堂堂龍子變成這麼小一隻也確實可悲。」巫覡明嘴巴惋惜，神情嘲諷，「但要我那麼疼惜堂妹的人，放任祢繼續危害堂妹健康，好像也說不過去。」

黃天佑已經大喊一千遍「不，你不是！」。

「不要把我送回去！再在這贗品裡頭，我好不容易修到的神格都會灰飛煙滅！」小狻猊一把眼淚一把鼻涕道。

「別哭，已經夠好笑，再哭就更好笑。」巫覡明溫婉道，「我是說祢不能繼續住在阿萌的腦子，但我沒說祢必須回去香爐呀。」

「那、那我可以待在哪？」小獏猊一臉期待。

巫覡明單手拎著獏猊，單手在巫覡萌口袋翻找，最後掏出她的菸盒，惡劣向小獏猊道。

「祢就先寄宿在這，等回家我再幫祢找一個新寄宿地。」

「要我堂堂龍子住在這破紙盒？不幹！」

「灰飛煙滅還是破紙盒，選一個？」

在巫覡明放開小獏猊後，堂堂神獸抽著鼻子，嗚咽飛到紙盒，與香菸盒融為一體。

「好了！現在就剩收拾善後了。」巫覡明講得輕鬆。

黃天佑環顧四周東倒西歪、支離破碎的展櫃，如此凌亂的現場，他相信就算巫家人神通廣大，也不可能一夜間將之恢復原樣。

巫覡明笑容從容優雅：「黃呆瓜，吩咐你一點任務，做不好就留你在這揹鍋。」

巫覡明吩咐的工作其實不難，純粹體力活；他囑咐黃天佑先將昏厥的巫覡萌扛上車，再把今日的倒楣鬼張珩凱拖到展館，並將身上的保全制服物歸原主。

當黃天佑氣喘吁吁將穿回制服的張珩凱拖到展場大門時，巫覡明正巧將門板闔上。

「阿覡……裡面……你處理好了？」

「當然。快把他放好，我們剩下58秒。」

「58秒？」

「55秒了。阿萌不是將監視器回溯半小時？快跟我走！」

巫覡明急忙拉著黃天佑的手往外衝。

他們匆匆趕回車上，正當黃天佑將自己塞入駕駛座時，他聽見巫覡明最後的倒數。

「3、2、1。」

「碰！」

於語尾，巨大的爆破聲響從展館傳來，黃天佑下意識回頭，聽見聲音卻沒看見爆炸的火光。

「阿覡，你做了什麼？」

「你等等看晨間新聞就會知道了。」

「『……展覽現場凌亂不堪，經由本台記者……』」

短短睡了幾小時，當梳洗完畢的黃天佑將電視打開純粹以晨間新聞當背景音樂在巫山館吃著豐盛早餐時，突然聽見的關鍵字讓他嘴中的吐司頓時落下。

他慌張將電視機的音量轉至最大。

「『於阿爾頓大樓舉辦的華夏文明風華絕代特展，昨夜驚傳爆炸。依據監視器紀錄，應是展櫃濕度設定不當所導致。』」

「『所幸展品多半完整，唯有幾件展品受到的損害較大。』」

「『張姓保全更因爆炸的衝擊力，不慎昏倒。』」

巫覡明不知何時加入電視兒童行列，拿著餅乾，面帶「和善」微笑站在黃天佑背後。

「阿覡，主播口中『幾件損害較大的展品』，該不會就是那隻玉蟬吧？」

巫覡明笑而不答。

「……你總可以跟我說你究竟做了什麼，才會讓大家以為是發生爆炸吧？」

「現在玩一二三木頭人，要你站著別動幾秒鐘，你辦得到吧？」

「當然可以。可是這跟我的問題有什麼關係？」

「破鏡難圓，覆水難收。要將展場恢復原狀自然不可能，但叫那些破的破、碎的碎的東西暫時回歸原狀騙騙人倒不難。我用召靈的能力喚醒它們的靈識，讓它們該到哪兒就到哪兒。監視器不可能清晰到連龜裂的痕跡都拍得一清二楚，一切船過水無痕，只要在阿萌回溯監視器結束的同時讓它們一起噴發佯裝爆炸就好啦。」

黃天佑完全能想像主辦單位看到監視影像當場昏厥的畫面。

「至於那個倒楣鬼，我這麼好的人自然不能讓他遭受無妄之災去揹文物毀損的鍋，所以我讓他因為爆炸的衝擊昏倒，不僅不會被上級怪罪，還能去申請職業災害津貼呢！」

「……他被扯進來還不夠倒楣嗎？」

「砸昏他的是阿萌，我只是負責善後。」巫覡明嘆氣。

「講的好像主謀不是你。狻猊呢？你怎麼處理？」

巫覡明從懷中撈出一樣東西，那是最初他們與巫覡萌搭上線的小罐子。

「製作這小罐子的工匠手法不錯，又有年代，想來想去這小罐子無疑是最完美的替代方案，我讓狻猊好好比較香菸盒跟小罐子，祂二話不說馬上住進來。」

不知是否因為狻猊入住，小罐子顯得格外晶亮。

「你讓狻猊住在這？不是說狻猊通常跟香爐比較有關？」

巫覡明不以為然扭開罐子，裡頭塞滿了香菸。

「沒魚蝦也好，住過紙盒就會知道罐子的好。」

「所以……狻猊的事情就算解決了？」黃天佑膽怯詢問。

「只要阿萌趕快醒來，從巫山館滾蛋就算解決了。但狻猊的事本來就不是大事……。」

巫覡明神色一沉，畢竟對他而言，下落不明的克羅諾斯才是真正的問題。

第二章：龍生九子　完

第三章：红衣小女孩

一

「媽的，蠢蛋。」

當巫覡明突然看著電視咆哮，這聲「蠢蛋」也不是罵在自己身上，黃天佑突然有種世界毀滅的感覺。

新聞上播放的是一共由六名不同大學學生組成的登山團，從A登山口進入大屯山脈，目前已失聯兩天，搜救隊夥同山友上山，搜救未果中。

「陽明山也能迷路，他們的腦袋該不會跟黃天佑你一樣放在冰箱吧？」

受到無妄之災波及的黃天佑低聲喃喃：「大屯山脈很大呀……學生若沒有登山經驗迷失方向也不是不可能……要我在新光三越逛街一圈，我也會忘記自己從哪個方向上來。」

新聞接續報導，警方懷疑大學生是因為近期在陽明山炒起的「紅衣小女孩傳說」才組團上山。

巫覡明臉色微白：「這下闖禍了。」

黃天佑知道以巫覡明的性格，一來不可能認錯，二來只要認錯，那絕對是翻天覆地都無法收拾的大錯。

※ ※

這件事情的源頭要從台灣盛傳已久的「紅衣小女孩」傳說開始說起，傳說煞有其事，藝文工作者嗅到商機，小說、電影趁熱出版。

自從電影上映，各大論壇討論傳說真實性的文章此起彼落，而後上映的第三部《紅衣小女孩外傳：人面魚》又讓話題來到「魚肉好吃嗎？」掀起一波釣魚熱，餐廳更是獻上活魚三吃或者「揭蓋欣賞清蒸活魚」的戲碼。然而隨著電影下映，熱潮不再。

偏偏走時代後端的巫覡明這時候想出了一個驚世鬼點子。

可惜巫覡明的驚世之舉不僅讓他一沒趕走遊客，二沒收到錢，三還闖了大禍。

而這些都是在六名大學生失蹤後，黃天佑透過巫覡明心不甘情不願解釋才知道的。

※ ※

黃天佑從不知道自己也會有當媽的心態，竟然萌生出「吾家孩子有長成」的感嘆。來到巫山館，看見巫覡明與一名女性相處融洽，一貫冰山美人臉蛋的巫覡明甚至笑得燦爛，黃天佑感到無比欣慰。

除了那女性是名年僅不到十歲的小女孩以外，其他一切都很和諧美好。

依黃天佑的印象，巫覡明極其討厭小孩，雖然巫家人口逐漸式微，還是有幾名小蘿蔔頭，嘰嘰喳喳喊著巫覡明叔叔繞著他轉，惱得他從此對小孩的存在敬謝不敏。

此時巫覡明卻對一名小女孩談天說地，笑容美好，充滿紳士風度，難不成巫覡明不是討厭小孩而是有戀童癖？思及此，黃天佑實在不知道該規勸巫覡明趁早收手還是以朋友的心態祝福他。

難怪他會妄想自己根本不存在的妹妹！黃天佑恍然大悟，巫覡明不是討厭小孩也不是交不到女朋友，而是自始至終還沒碰上自己的蘿莉塔！

不過也不該苛責巫覡明這種人間魔王淪陷於女孩的愛情陷阱，女孩有雙長著完美雙眼皮的大眼睛不說，鼻子嘴巴小巧玲瓏，皮膚白裡透紅，穿著一件連身的紅色斗篷洋裝，裙襬如花瓣開展，俏皮可愛。

「阿覡……這位是……？」

青姨端了茶點與高山茶放在黃天佑與巫覡明面前，給女孩只有一杯清水。黃天佑看著那杯無色無味純天然的白開水，看來女孩想做巫家女主人，巫家老僕第一個不同意。

巫覡明也沒有意思指責青姨待客不周，了當自己吃起點心，吃得津津有味卻自動忽略身邊的女孩只有一杯白開水。

黃天佑家無弟妹，獨子的他總仰賴堂哥黃華剛照拂才勉強感受到什麼叫做有兄弟真好！他以長輩心態疼惜地將自己的點心分給小女孩，卻在伸出手時遭巫覡明拍了手背。

「別亂餵東西。」

「什麼亂餵東西，這是青姨拿來的又不是我自備的！」

話才說完，黃天佑驚覺他在不知不覺中賞了自己一巴掌。就算是他帶來的又怎樣，他可是相當愛整潔的人，隨時酒精清潔液不離身，下班回家還洗兩次澡！他可以打賭自己手上的細菌數絕對比巫覡明少上好幾倍。

「她不吃這個。」巫覡明淡淡說。

小女孩不知悉兩名大男人的角力，開心而安靜地喝著自己的水，絲毫不介意自己的差別待遇。

黃天佑邊喝茶邊更仔細觀察著小女孩，他的堂弟堂妹不少，從剛出生到上小學的應有盡有，但黃天佑從沒看過如此處變不驚的小孩；女孩不干預巫覡明與自己的爭辯，始終帶著恬靜微笑，她的坐姿端正，除了那雙不安分拼命晃動的雙腳，一切行為舉止大方又大氣，活像名門小姐。

也難怪同為名門巫家後代的巫覡明願意接納小女孩。黃天佑為自己的觀察做出點評。足不出戶的巫覡明早養成能整天不說半句話的能力，而整天工作面對的對象多半又是能聊天肯定嚇死人的遺體的黃天佑，儘管也有一整天不說話的能耐，但他就是不想日常生活跟工作混為一談，他在社交圈已經夠邊緣，他才不要連難得的放假都當個啞巴！

巫覡明既然懶得開口，那麼他這位巫覡明唯一的朋友替對方找話題打破沉默便是天經地義的義舉。

「她……真是可愛的女孩。」黃天佑想不出話題，只好從女孩的長相開始。

「對呀，現在是最可愛的時候。」巫覡明讚美道。

阿覡，難道你真的是羅莉控嗎？黃天佑無語問蒼天。現在是最可愛的時候又如何，民法規定女孩十六歲以前不得結婚，更別說那姦淫幼女罪是從幾歲到幾歲。

「妳差不多該離開了唷，加油，我很期待。」巫覡明溫柔地撫摸小女孩的頭髮，小女孩開心一笑，跳下椅子，蹦蹦跳跳自己跑到玄關開了門，頭也不回離去。

黃天佑的職場生活鮮少有女性（女性遺體倒是不少），母胎單身至今的他更是沒有與女性一親芳澤的機會，因此黃天佑對女性的態度就是盡可能禮遇。如今八卦中的女方離去，他的八卦魂馬上開起，一發不可收拾。

「阿覡，那個女孩叫什麼名字呀？」

巫覡明懶洋洋望了黃天佑一眼：「她的名字說出來你會嚇到，為了你好，我就不說了。」

面對巫覡明一如往常的鄙夷，黃天佑不但已經能自我消化，還能從話中聽出玄機。既然女孩的名字說出來會嚇到自己，那只有一個可能，女孩出自不亞於巫家的豪門，光聽姓氏就能讓黃天佑唯恐得罪變消波塊。

也對！巫家再怎麼說都是富貴人家，能談及婚嫁的必然也是富賈一方的權傾人家，青姨會看不上對方，莫過礙於年齡差距過大。

「你跟她認識多久了呀？」黃天佑繼續旁敲側擊滿足他的八卦魂。

「我看著她長大。」

原來情根從那麼早就種下了。黃天佑撫摸下巴。網路老是說「光源氏計畫」，沒想到自己的朋友明明足不出戶卻沒有錯過網路文化，從好多年前便身體力行，還是說對巫覡明而言這不叫光源氏計畫而是童養媳？

不行，層次馬上下降。黃天佑猛搖頭。

「……不管阿覡你有什麼打算，我都支持你。」黃天佑以堅定的神情看著巫覡明。

巫覡明挑眉，顯然沒意會到黃天佑方才在腦裡進行多龐大複雜的運算，只是毫無表情地點頭謝謝朋友的無條件支持。

「如果你需要文宣，我有個朋友很擅長設計，她會給你一個好價錢。」

「我不需要文宣。」

「可是怎麼樣也得詔告天下吧？一生一世的重大日子，你不可以辜負那個女孩。」

巫覡明自始至終都沒有進入黃天佑的思考迴路，他示意青姨再沖壺茶。

「文宣太慢，還是網路傳遞的速度比較快。到時候人人都知道，哪需要準備文宣？」

黃天佑內心一股悸動，沒想到巫覡明這麼看中那名女孩，紅色炸彈已不夠有威脅性，他甚至打算用網路詔告全世界巫家好事將近，不愧是巫家人，做事夠海派，果然貧窮會限制人類的想像力。

「你要好好待人家，不要見人家年紀輕就欺負她，有時候收斂點氣焰，讓讓也行。」黃天佑搬出自己參加婚禮聽到男方父親說過最有智慧的話。

「我對她很好呀！我的浴室從不開放外人使用，她可以隨便在裡頭玩。」

巫山館氣溫適中，根本不會流汗，你究竟是做了什麼讓女孩必須洗澡的激烈運動！黃天佑在心裡吶喊。

——巫覡明你這隻禽獸！黃天佑心裡仰天長嘯，可惜他命盤帶「M星」，就算是為女孩出頭他也沒勇氣指著巫覡明的鼻尖罵。

等等，電光石火間黃天佑突然有不同想法迸發腦內；如果巫覡明有了女朋友，管她是高齡八十的祖奶奶還是八歲的小妹妹，真愛不分年齡只受法律限制，無論如何，既然巫覡明有了女朋友，黃天佑就不用再擔憂當初為了請巫覡明救命不惜答應要幫忙他張羅未來女友一事！

既省了麻煩又不用禍害其他女性，小女孩，一切都拜妳所賜，感謝天感謝地感謝妳收服人間魔王的心！

黃天佑笑得一臉詭異，巫覡明嫌棄地望著他那張臉。

「等等仰德大道塞車，你還不趕快下山？」

「好的！我馬上下山！」黃天佑蹦起身直接往玄關前進，臨走前還不忘祝福巫覡明。

「阿覡，恭喜你找到幸福，有任何需要我幫忙的，我義不容辭。」

黃天佑關上門，只剩一頭霧水的巫覡明。

二

西元一九九八年，電視台播放的靈異節目中，上傳了一部由遊客提供、拍攝不算清晰的影片。

拍攝地點位在台中市北屯區大坑風景區，開心登山的登山隊特別借了攝影機拍攝一路風光與眾人嬉笑，卻沒想到回去檢視影帶，發現登山隊後方尾隨著一名穿著紅色童裝的小女孩，這名紅衣小女孩若遮住臉都算正常，偏偏那張臉蒼老的不像小孩所有，相貌奇異又恐怖，衰老程度彷彿扒墳挖出的未腐敗屍體。

人若經歷奇人異事必定心生惶惑恐懼，偏偏雪上加霜登山隊中有一人在下山後隨即病逝，更增添這段奇遇的恐怖程度。

電視台委請專家做過各種推測；魔神仔、抓交替的厲鬼、又或只是落單旅客在攝影機解析度不佳下出現的巧合……。

因為沒有明確證據證實「紅衣小女孩」存在，亦沒有否定「紅衣小女孩」不存在的可靠論述，這件事成為當時台灣最風行的都市傳說之一，甚至有人專挑子夜上山想查證真相。

幾年過去了，因為沒有更新的目擊證明，傳說漸漸淡去，直到二〇〇五年程偉豪導演將這段故事翻拍成電影，才又重新炒起話題。

巫覡明津津有味地看著報導，同時將電影《紅衣小女孩》、《紅衣小女孩二》至《人面魚：紅衣小女孩外傳》以車輪戰方式連播，半天一網打盡。

「真是的，這有什麼恐怖？了不起就是空虛寂寞覺得冷的魔神仔罷了。」巫覡明伸著懶腰，「而且就算是小女孩的身材配上老太婆的臉也不恐怖呀！這不是很有趣嗎？小老太婆，一踹就倒了，那些俗人究竟怕什麼？」

唯恐不亂的人間魔王巫覡明，擁有一身好本領，更遑論神擋殺神鬼擋殺鬼的脾氣，面對尚未查證的都市傳說，他只有滿心雀躍，根本不可能產生絲毫恐懼。

他甚至開始專心思考他可以透過紅衣小女孩的傳說從中獲得什麼好處？

在巫覡明抽絲剝繭並自詡專家地解讀完台灣人的心態（特別是年輕人）後，他總算想出一石二鳥之計。

既然大家曾經對紅衣小女孩那麼有興趣，可想而知就算紅衣小女孩不是出現在大坑風景區而是陽明山，也一定有很大的號召力。

他，巫覡明，要達到百萬響應千萬到場的奇蹟。

巫覡明決定親自打造一個符合傳說的紅衣小女孩，若是紅衣小女孩再掀風潮，他就將之引到巫家土地，趁機收一筆入園費。若是紅衣小女孩震懾了遊客，陽明山的旅客必定少了大半，他也樂得清閒，不用每天在閣樓看著沒有盡頭的車龍，心裡暗罵這些俗人百姓讓他的空氣品質下降，一舉兩得。

首要任務是該從哪裡找一名紅衣小女孩友情演出？若大坑風景區真的曾出現過這般精怪，巫覡明有百分百把握揪住對方的衣領抓它回陽明山好好賣力演出。

但一來巫覡明擔心傳說真的是傳說害他白跑一趟，二來他人懶，離開巫山館方圓百呎已是他最大限度，要巫覡明御駕親征到台中？門都沒有。

他開始由周遭的精怪思索合適人選，這讓巫覡明傷透腦筋，陽明山惹到他的精怪，他順手處理了大半，剩下的妖怪除非受巫覡明強烈威脅，恐怕也不敢到他身邊說半句話。因為壓力演得不像樣，反而讓傳說變得可笑無法達到他的期待，完美主義的巫覡明不容許在自己全盤操作下出現這種低級失誤

那麼到底該找誰演這場戲？黃天佑嗎？雖然恐嚇他兩句確實能讓他乖乖照做，可惜一來他不矮，二來他只是長得醜不是長得可怕。巫覡明傷透腦筋，直至他托腮靠往窗台，望著環繞巫山館的錦簇花團，登時有了解決之道。

我果然是天才。巫覡明愉悅地稱讚自己。

之後巫覡明便離開本館，朝他心中的明日之星好好商談這場雙贏的演出

在巫覡明細心調教與符紙供給靈力下，他期待的人選超乎他的預期，陽光、迷人又有朝氣，活脫脫是童星之選，而到了夜間，那張稚嫩臉蛋急速衰老，恰恰坐實了傳說中老人的面孔孩童的身材。

「我們從小一起長大，妳會幫我這個舉手之勞吧？」

女孩點點頭，與巫覡明小指頭拉勾。

「記住，妳要懂得藏匿自己，要不經意出現，但又不能讓遊客覺得只是浮光掠影的錯視，妳要讓他們察覺紅衣小女孩出現了，可是妳又絕對不能被他們抓到，明白嗎？」

女孩再次點了頭，笑容燦爛。

「這件任務如果辦得符合我的期待，我會買更好的東西給妳用。」

女孩瞪大眼睛，點頭如搗蒜。

「好了，伺機而動，我看好妳！」

女孩離開巫山館，巫覡明笑得令人不寒而慄。

三

爆〔爆卦〕親眼目擊紅衣小女孩
+4〔問卦〕總是弄不清女友喜好
+8〔爆卦〕現在還有人在等大都嗎？
爆 R：〔爆卦〕親眼目擊紅衣小女孩
+78〔爆卦〕紅衣小女孩出現在陽明山的可能性
XX R：〔爆卦〕親眼目擊紅衣小女孩

PTT最熱門的Gossiping版近日被紅衣小女孩的系列貼文洗版，資深鄉民都等著更勁爆的卦出現。紅衣小女孩的首篇貼文出自鄉民kuso5566之手，他鉅細靡遺描述了自己在陽明山發生的詭遇。

kuso5566的文章描述自己與女友交往六年，已經準備好和女友踏入人生的下一階段。

他為了籌備浪漫的求婚儀式，左思右想徹夜難眠，最後台北人的kuso5566決定在陽明山破曉那刻拿出求婚戒指向女友告白。

他們先在士林夜市逛了許久，為了怕在山上待太久受涼還到好樂迪夜唱，最後半哄半騙帶女友騎車上山，一路直衝擎天崗。

kuso5566生性害羞，儘管擎天崗昏暗無人，他仍是怕自己一生一次的求婚現場被路人撞見，因此停妥機車後，一路牽著女友往遊客不常走的偏僻小徑前進。

一人走暗徑會怕，兩人一塊走能壯膽，明明連路燈、手機螢幕光都無法確切指引腳下的路，kuso5566卻與女友越來越興奮，情侶勇闖秘境，其中的神祕與甜蜜自然是單身狗們無法想像的。

他們來到一處高聳入天的林子，一路折騰讓kuso5566的女友有些疲憊，就地坐下休息。林子裡迴盪著兩人的談笑聲，儘管視線不清楚，卻能依偎著彼此的體溫，kuso5566覺得自己這招求婚計策實在完美無缺。

此時突然傳出一種落葉被踩碎的窸窣聲，kuso5566與女友雙雙往聲源望去，心想或許是什麼小動物跑過去，雲豹已經絕種，台灣黑熊又少見，在觀光勝地的陽明山總不可能有什麼致人於死地的兇猛動物。

他們匆匆瞥見一閃而逝的紅色身影，他們無法肯定是什麼，身影彷彿怕他們沒看仔細，穿梭在樹林間猛地又冒出身，視線模糊間kuso5566驚覺那是一名穿著紅色洋裝的小女孩。一直不清楚的視線此時卻突然將一切看得明明白白，在那套著紅色洋裝的小女孩身軀上，居然有著一張極為扭曲、充滿皺紋的臉，那張臉雖然勉強看得出人類的樣貌，卻讓人直覺那並非人類。

「有鬼呀！」kuso5566與女友雙雙尖叫，打算反方向跑離紅衣小女孩。

此時女友一個腿軟，雙眼翻白昏厥倒地，kuso5566聽到後方逐漸接近的腳步聲，恐懼充滿了全身細胞，他也不自覺地昏了過去。

天亮，kuso5566猛然驚醒，女友仍在昏睡，陽光灑入樹林，減低了昨天陰森森的詭異感，周遭除了樹以外，更有鬼針草、牽牛花等花卉盛開，景致美麗是美麗，但昨晚瞥見衰老詭異的超自然臉蛋仍在心頭揮之不去。

他匆匆搖醒女友，女友一臉驚駭，顯然昨天的詭異女孩並非他一人所見。兩人倉皇拿出手機定位下山路線，回到尋常遊客走的步道恰巧撞上早起晨跑的老人，老人充滿皺紋與老人斑的臉又讓他們回憶起昨天，他們放聲尖叫，連句道歉也沒有直接跑往機車停放的位置。

他們踩足油門下山，不知道是運氣問題又或詛咒影響，kuso5566自撞電線桿，人雖然沒有受太大傷害，機車倒是毀了大半，於貼文結尾還附上自己的驗傷單與機車慘狀。

推噓文各佔半數，畢竟kuso5566沒有公布最重要的紅衣小女孩影像，然而在推噓文不相上下後，一則回覆文讓原來噓文的鄉民全部回來朝聖，附上綠色的推以及自己的膝蓋。

回應鄉民kuso5566的是另一名表示自己與kuso5566毫不認識的鄉民korts8th，他的文章因為字數不足差點被刪文，是經鄉民提醒才補上欠缺字數。

而他補上的字是——不論如何，我信了。

korts8th短短的文章中附了一張照片，還因為自動開圖功能嚇得許多鄉民嚷嚷要去收驚。照片畫面是一張充滿巨大樹幹的幽暗秘境，而樹幹後隱隱約約探出一名紅衣小女孩的半身，她的臉蒼老而詭異。

由於相片解析度高，幾經鍵盤專家評鑑絕無P圖，在在證實紅衣小女孩確實北漂到陽明山。

這下北中南鄉民全炸了！年輕人終究血氣方剛，有明確證據的都市傳說，讓他們各個坐立難安，紛紛在All Togethter版或者交友軟體徵人結伴上山，只為親眼目睹台灣傳了近二十年的都市傳說。

霎時間夜間的陽明山遠比白天的陽明山更加熱門，士林分局不得不加派警力防止民眾因為睡眠不足在仰德大道出現交通意外。

結伴成隊的登山愛好者埋伏五小時空手而歸。兩人一組以民俗學做研究專題的研究生在樹叢間看到紅衣小女孩的裙角。情侶上山除了吹了一夜冷風一無所獲。攝影團體在等了兩小時後各個用自己昂貴的大砲拍出解析度極高的紅衣小女孩照片。

紅衣小女孩身手靈活，衣服鮮紅，臉除了蒼老似乾屍外，更以極為詭異的微笑面對所有目擊者。

人心惶惶與興奮至極兩種截然相異的情緒徘徊在台灣人心中，有的長輩叮囑孩子盡量別上山，有的則是攜家帶眷找尋真相……。

宅在家的巫覡明津津樂道看著Gossiping版的所有貼文，一則又一則尋找紅衣小女孩未果、一則又一則拍攝到最新的紅衣小女孩影像的貼文在在讓他笑得開懷。

巫覡明思考接下來他到底該走全境封鎖路線，又或者見者收費路線？巫山館從不缺錢，收費於否其實對巫覡明根本無關痛癢，他只是想盡最大可能好好整一整那群總是破壞他安靜優雅生活的該死遊客。

「還是全境封鎖路線比較有趣……」他登出PTT喃喃。

四

「歡迎來到新聞追追追，我是主持人小武。」

擁有高收視率，特別受台灣年輕觀眾歡迎的網路直播節目今日主題將近期鋒頭正盛的紅衣小女孩事件搬上節目討論，邀請的來賓除了民俗專家、政論名嘴、目擊紅衣小女孩的大學生外，更安排了C姓導演前來參與。

「首先我們請……B仔，W大學天文社社員來跟我們談談他看見紅衣小女孩的過程。」

導播將畫面轉向大學生，大學生的面色不是很好，唇色臉色都顯得有些蒼白，眼下的黑眼圈更是增添他的病弱感。

「我們……天文社每周都有觀星活動。其實平常我們多半往九份那帶走，因為早上那邊有間早餐店還蠻好吃。這次社長卻提議我們直接在陽明山觀星就好，因為紅衣小女孩的事情讓陽明山現在非常熱門，社長認為我們學校那麼近，不去湊一回熱鬧太辜負地利之便。」

B仔緩口氣繼續：「我們有的社員八字比較輕，當然就沒跟了。我是無神論者，也不太在意紅衣小女孩的傳說，就跟著上山了。

我們天文社有高倍數望遠鏡，也有人架腳架用慢快門記錄星軌。我在天文社幹的是活動紀錄，專門拿手機拍攝社員動態。大概是凌晨三點，因為惠惠剛好發熱咖啡，我趁空檔到處轉轉隨意拍拍，就在那時……我看到了紅色的東西。」

B仔的面色變得更慘白，現場貴賓無不屏氣凝神等待他繼續說明。

「我直覺自己遇到紅衣小女孩！我本來以為我根本不怕，但在那種時候怎麼可能不怕？我當場腿軟跪了下去，一心只求它趕快離開，沒想到它……竟然沒有離開，反而走了過來，面對著我，我們的距離幾乎差不到一公尺……我……我看到那張臉後就昏了過去。」

主持人小武這時接話：「B仔後來由社員送到新光醫院，點滴吊了大半天才醒來。如果只是這樣的『目擊』，我們是不會找B仔上節目。剛剛B仔有提到自己是天文社的紀錄，在撞見紅衣小女孩後，B仔因為緊張將手機從拍照模式按成錄影模式，恰好拍到非常清楚的一段畫面。」

小武引導觀眾往身後的巨型螢幕看去，螢幕上手機不斷晃動，最後整支手機掉到地面，畫面一片漆黑，在晃動中不斷接近的紅色身影他們看得十分清楚，也知道那真的不是惡作劇而是貨真價實的「撞鬼」了。

「接下來的畫面，可能會引起大家強烈恐懼與不適，所以我在這暫時停一下，警告若是心臟不好的觀眾，請勿觀看以下畫面。我倒數，五、四、三、二、一，導播繼續撥放。」

漆黑的畫面突然一陣晃動，有人拾起了手機並與鏡頭對看，雖然角度沒抓準只拍到半張臉，卻是無比恐怖、扭曲、蒼老的半張臉，紅衣小女孩居然走到B仔身邊拿起他的手機自拍！

畫面又陷入漆黑，在場所有人全閉著氣瞪大眼看著台灣人與紅衣小女孩最近距離接觸的一瞬。

「B仔的影像送來節目時，我們已經找過影像專家檢查，確定無造假。可想而知這是紅衣小女孩最清晰、最近距離的一段影像。我想請宋大師發表一下您的看法。」

身前名牌寫著民俗專家宋弘光的男人穿著一襲黑色中山裝，留了兩撇小鬍子，他摸著鬍子以緩慢語調說出自己的見解。

「七星山位於陽明山國家公園轄內，修道者都知道七星山是龍脈山，而且還是世界級的聖山！以風水學來說，七星山屬於龍脈，而陽明山屬於活火山，火山熔岩的磁場能量會幫助龍脈聚氣，說七星山是台灣最強的風水寶地之一也不為過。在這裡受靈氣滋長的精怪一旦修練成型，若是走正道便罷，若是想要害人，那威力自然不是一般精怪可以比擬。」

「所以宋大師的意思是紅衣小女孩是要出來害人的嗎？」主持人追問。

「非也，精怪其實性如常人，性格反覆多變。今日它或許只是想捉弄你一番，明日說不定就是想抓交替。目前尚未有人因為目擊紅衣小女孩的出現發生身死命危的災難，但精怪終究是我們無法左右的未知生命，我個人認為大家還是盡量不要去騷擾它為好。」

主持人抓準直播的最後時間，將麥克風交給C姓導演。

「導演，您對紅衣小女孩也有一番研究，您對於紅衣小女孩出現在陽明山有什麼看法呢？」

「我拍電影的初衷是想讓觀眾思考環保問題，我們究竟在這塊土地上掠奪多少？因此我將紅衣小女孩塑造成魔神仔的形象，其實是想讓觀眾思考女主角心魔的同時一起關懷環保議題。我想……這次紅衣小女孩會出現在陽明山，會不會也是想透過這個地點告訴我們什麼？」

參加直播的貴賓頻頻點頭，之後政論名嘴又端出一套觀光景點封山陰謀論、圖利到哪幾間業者的觀點，令鄉民在Gossiping噓到ＸＸ。

殊不知瞎貓碰到死耗子，有時候最滑稽的選項才是最正確的答案。

五

「即時新聞快報。由六位台北地區大學生組成的登山團，據悉三日前由A部登山口出發，目前已失聯兩天，搜救隊員夥同山友上山，尚且搜救未果。據本台獨家深入追蹤，六位大學生彼此之間應該是網友，在網上發起登山活動，活動成因不明，根據近日網路風潮推測，六名大學生應是去尋找紅衣小女孩……」

「媽的，蠢蛋！」

面對朝電視突然咆哮的巫覡明，黃天佑突然有種世界毀滅的感覺。

有什麼大事能驚動向來處變不驚甚至視危險為遊樂的巫覡明？天崩地裂，海枯石爛，薩諾斯出來？

「……阿覡，那六個大學生中有你的朋友嗎？」黃天佑尷尬詢問。

雖然在黃天佑心裡答案絕對是否定，巫覡明這種人有他一位朋友就嫌多了，怎麼可能還有其他朋友？

「誰會認識那群蠢蛋？鞍部登山口是什麼地方？那種被登山客踩到爛的登山步道也能失蹤？這不是蠢蛋什麼才是蠢蛋？」

巫覡明焦躁地來回踱步，即使是黃天佑這種神經大條的男人也嗅到其中的不對勁。

黃天佑從黃華剛口中聽到其實紅衣小女孩出沒的消息鬧得局裡警員各個火冒三丈，忙得他們工作時數倍增。仰德大道本來就是交通重點路段，夜遊上山的民眾多半撐著睡眼惺忪的雙眼衝下山趕上班，大幅增加交通事故機率。他們除了增加警力盯梢外，陽明山國家管理處還透過關係找上廖局長，希望局長能派個「道上人士」過來舉辦祈福法會，超渡紅衣小女孩，讓它早日進入輪迴離開陽明山，不然民眾這一窩蜂熱遲早出事。

廖局長的首要人選自然是巫覡明，然而巫覡明三兩撥千斤推掉差事，廖局長失望之餘只能拜託其他道士，聽黃華剛說法會還所費不貲，鬧得管理處不太開心。

依黃天佑印象，巫家與廖局長彼此間關係不錯，在「消失的遺體」後，廖局長也有幾件靈異案件尋求巫覡明幫忙，而巫覡明也義不容辭，如今「近在咫尺」的紅衣小女孩卻請不動他這尊大佛，黃天佑費解。

難道真如直播上的宋大師所說，紅衣小女孩佔據龍脈之力，形成千年老妖，連巫覡明也束手無策嗎？黃天佑發抖，心中盤算離開巫山館的時間還是往前挪兩小時好了。

「阿覡，為什麼覺得你……好像……好像很焦慮？」黃天佑弱弱道，其實不是好像，焦慮兩個字根本貼在巫覡明身上。

「焦慮？老子為什麼要焦慮？焦慮是你這種呆頭鴨才會有的情緒！焦慮？我一點都不焦慮？」巫覡明回頭一瞪，惡狠狠回嗆，從行動到言語無不展現了焦慮。

鈴聲突然響起，詭異的巴哈D小調不是黃天佑的手機鈴聲，看著巫覡明不情願地掏出手機他才意識到這是巫覡明的手機鈴聲。

雖然黃天佑總覺得以巫覡明的品味，手機鈴聲該是《二泉映月》或者《江河水》之類的古風情調曲子才對。

巫覡明怒氣沖沖瞥了手機螢幕，接著語氣火爆地接起電話。

「巫覡萌，有屁快放。」

明明沒有開擴音，巫覡萌那毫無女性氣質的豪邁笑聲連黃天佑都聽得到。「啊哈哈哈！阿明，那個紅衣小女孩是你搞出來的吧？那麼有趣的東西不揪，你這樣超沒義氣耶？」

「誰跟妳說是我搞出來的？我說過了嗎？」

「不用你說我用膝蓋想就知道了！在陽明山那麼囂張你還不去收拾，你不是放縱就是主謀。我說，我可不可以參加呀？」

「想都別想。」巫覡明直接掛斷電話。

「阿……阿覡……紅衣小女孩真的是你搞出來的？」黃天佑瞠目結舌問道。

門外傳來一連串門鈴與敲門聲，搭配巫覡萌渾然天生的獅吼功。

「阿——明！我人都在外面了，你不讓我玩我也要玩啦！」

黃天佑感到頭疼，巫覡萌居然是在巫山館門外打電話，巫家難道真的沒有一個正常人嗎？

巫覡明此刻無暇處理門外鬧得正兇的巫覡萌，今早想起他的人異常的多，放在茶几上的筆記型電腦也傳來視訊連線的嘟嘟聲。

巫覡明老大不爽解開螢幕保護程式，一見到打電話來的是自己尊敬的老師，那張不爽的臉立刻換成無比崇敬的臉孔。

「老師。」點開視訊通話後，巫覡明對著螢幕深深一鞠躬。

螢幕上出現的依舊是那顆招牌光頭，被巫覡明尊稱老師的獵魔協會會長表情嚴肅，從他緊皺的眉頭能清楚得知他現在心情欠佳。

「晨間新聞看了嗎？」

「看了，老師。」

「六名大學生失蹤，你應該知道這不是小事吧？」

「當然知道，老師。」

「巫覡明，紅衣小女孩是你弄出來的吧？」

「老師，我……」

「我一直以為你是個有分寸的人，沒想到這次竟然任性妄為。」

「老師，不是這樣的，我……」

「我不管前因後果，總之，禍你已經闖出來了，想辦法盡快收拾。如果那六名大學生真的因為想見紅衣小女孩發生不測，我唯你是問。」

視訊畫面赫然停止，巫覡明的臉色黑的跟螢幕一樣，嘴中碎念一連串黃天佑分辨不明的抱怨或者髒話。

「黃笨蛋，開門讓門外那個聒噪的進來。」巫覡明寒著臉下命令。

黃天佑知道巫覡明對自己的老師有多尊崇，也知道如今若違逆巫覡明的命令只會遭遇怒波及，趕快找個替死鬼分擔巫覡明的怒火才是上策。他慌慌張張開門恭迎活人靶子巫覡萌入內。

「阿明！好久不見！有沒有想我呀！」巫覡萌不知死活樂天大喊。

黃天佑看著長著一張明星臉卻充滿大媽氣質的巫覡萌，她的打扮品味一如平常，以俗為最高宗旨；因應天氣在黑色小可愛外面罩了一件藍色刷白牛仔外套，同樣破洞款牛仔短褲，為了防寒加上一雙過膝黑色絲襪，搭配白布鞋。唯一改變品味的是巫覡萌對配戴飾品的選擇，以往的她胸前總是掛著一串紅線串起的銅錢，如今紅線銅錢變成手環，胸前則掛了一片金鎖片。

依舊很俗氣。黃天佑評價。

「阿——明，我剛都聽到囉！我聽到會長罵你了！我就大發慈悲來幫你渡過這劫難吧！」

「巫山館的隔音什麼時候差到連妳這種人都能聽到屋內做什麼？」

「我是煉器師耶！就算人在屋外，屋內做什麼我都可以透過器物告密一清二楚！而且你別忘了巫山館的結界防天防地防人防鬼但是不防自家人。」

巫覡明搗著頭，表情明顯反應著他想大大改善巫山館的防禦系統，最好除了自己以外無人能進出。

「那、那個，既然巫小姐都進來了，我、我們不如一起商量如何找那失蹤的六個大學生？這才是正事吧？其他過節我們都可以先放下對吧？」黃天佑賣笑為兩位巫家人找台階下。

「阿明，紅衣小女孩到底是不是你找出來的？我可以看看它長什麼樣子嗎？」

巫覡明的眉頭鎖得死緊，深吸幾口氣平復心緒才朝樓上大喊。

「這群白癡想見妳，妳下來露個面讓他們長見識！」

樓上房間應聲傳出聲響，輕快的腳步聲蹦蹦跳跳朝樓梯傳來，接著一道紅色身影將樓梯當遊樂場，一格一格跳下來，飛快跑到巫覡明身邊。

「這不是上次那個小女孩嗎？」

「這就是紅衣小女孩嗎？」

黃天佑與巫覡萌幾乎是同一時間發問。

黃天佑陷入一陣混亂，巫覡明喜歡的對象是紅衣小女孩？不知道為什麼在奇怪中又感到很合理，喜歡紅衣小女孩總比是個羅莉控好，應該吧……。

「阿覡，你不是一向對惡靈鬼怪趕盡殺絕嗎？怎麼……會找紅衣小女孩來陽明山？」

巫覡萌搶在巫覡明前面回答：「若台中真的出現過紅衣小女孩，我們現在看到的這個也不是同一個，阿明找來的這個紅衣小女孩……不是鬼怪也不是惡靈，就是特別了點。阿明，虧你想得到這種方法。」

「被妳稱讚我一點都不高興，甚至覺得很煩躁。」巫覡明冷冷回絕親戚的讚美。

「停戰！」黃天佑趕緊插進兩名巫家人中間，「我們現在的當務之急是要去找那六名大學生，多浪費一點時間他們的處境就越危險，我們還是趕緊擬訂計畫吧！」

巫覡明安靜了，看來方才老師的威嚇非常有效。巫覡明僵著一張臉，黃天佑看過巫覡明面無表情面對人，也看過他拒人於千里之外的冷漠神情，然而他還是頭一回見到巫覡明在不爽的神色下隱藏一絲六神無主的徬徨。

這次他們面對的絕非小事。

「我現在趕時間，所以勉強讓你們加入。聽著，天黑後你們要跟我一起去找那六名大學生，他們最好連一根頭髮都沒少，不然老師這次不會原諒我。」

六

「妳先上去泡澡，天黑再下來。」巫覡明以下巴命令紅衣小女孩，她乖巧點頭跑回巫覡明房間。

看到這幕的黃天佑再也不能忍受，友直友諒友多聞，他身為巫覡明可能唯一的朋友，不能放縱巫覡明做出犯法的事。

「阿覡你這禽獸！居然又叫人家女孩子先去泡澡，你到底在想什麼！」

究竟是人性的扭曲還是道德的淪喪？黃天佑知道巫覡明性子古怪，若說人性扭曲可能也八九不離十，但居然將魔掌伸向小女孩，還是紅衣小女孩！黃天佑無論如何都不能接受！

「她每天都在我家泡澡，我叫她泡又不是叫你泡，你在那邊嚷嚷什麼？」

「不是，你平白無故叫女孩子去洗澡，你不就是想……」

巫覡萌此刻突然跑到黃天佑身後摀住他的嘴，巫覡萌見到巫覡明身上環繞的怒氣越來越旺盛，為了世界和平，她決定做一次善舉，救一下曾與自己搭檔解決「傀」的黃天佑。

「黃天佑呀，你想太多了。阿明這番……奇特舉動是在幫助紅衣小女孩。這個紅衣小女孩的構成有點奇妙，總之你就把水當作它的行動電源，它要灌飽水等等才能跟我們一起趴趴走。」

巫覡明無心思與黃天佑鬥嘴，了當進入正題：「等天黑，我會讓她帶我們走一回這三天她經過的地方，那六名大學生是有意隱藏自己也好，還是被她嚇暈也好，只要還在山上，我們總是找得到。」

※　※

天色一轉黑，巫覡明立刻帶著紅衣小女孩與巫覡萌、黃天佑離開巫山館。紅衣小女孩此時刻意用斗篷完全遮住自己的臉，巫覡明特別準備符紙，咬破自己的手指頭畫了四張一模一樣的圖騰，然後將其中一張折好塞入紅衣小女孩的口袋，將另外兩張轉交巫覡萌與黃天佑。

「塞到口袋，這可以隱匿我們的身型與聲音，等等辦事才不會被一堆冒失鬼撞見。」

「阿明，等事情結束後記得多畫幾張給我，這東西好玩死了。」巫覡萌見怪不怪將符紙折好塞入臀部的口袋。

「阿覡，它……斗篷戴那麼低，看得到路嗎？」

黃天佑指著紅衣小女孩，它的帽子已經將自己的全臉掩住，黃天佑壓根不相信對方還有辦法為他們指引方向。

「她是為了你才戴帽子，既然你不在意，我就叫她摘掉省得麻煩。」

紅衣小女孩聽到巫覡明的話，輕巧摘掉自己的帽子，露出一張與方才截然不同的臉。猶如屍斑的恐怖斑點布滿了它蒼老的臉，五官扭曲，臉皮深邃的皺褶讓它整張臉鬆垮，所有垮掉的面部組織又在下巴全部收束，令它的臉變得好似充滿坑洞的錐子。

如果是以前的黃天佑，看到這樣一張臉他必然放聲尖叫，然而在見過王發慘絕人寰的遺體後，黃天佑看到這樣的臉只是思緒一片空白，整個人石化僵在原地。

「很好，看來能適應。帽子不用戴了。」巫覡明吩咐紅衣小女孩。

紅衣小女孩開心笑了，那張臉卻更加扭曲恐怖。

三人尾隨紅衣小女孩的步伐開始在昏暗的陽明山國家公園健行，途中不乏遇見許多全副武裝等待發現紅衣小女孩的遊客。黃天佑失笑，要是他們知道紅衣小女孩正穿過他們身邊，不知會有多扼腕。

紅衣小女孩對地形相當熟悉，又因為個子嬌小，走起來健步如飛。兩名巫家人雖然同為人類，卻因為血統有著不同一般人的好體能，一路上跟得緊，即使遇到較陡的路段或者巨石，也是三兩下就翻過去，不像黃天佑四肢並用還是只能望著他們的背影苦苦追趕。

他越來越覺得自己的體力跟不上其他人，他喘到感覺心臟將突破胸腔，他對很多具遺體的胸腔劃過很多T字型，如果手邊有手術刀，黃天佑恐怕會認真考慮幫自己畫一個，好讓心臟舒緩壓力。

「喂！你這樣不行啦！像你這樣的男人晚上看到女生就倒了，要怎麼一起欲仙欲死？」

巫覡萌停下腳步等待半走半爬的黃天佑，黃天佑已經沒體力在乎自己被對方調戲，只是眼神發黑地望著巫覡萌。

「阿萌，黃呆瓜會拖累我們，用那招吧？妳有東西嗎？還是要我捏個紙人？」巫覡明突然說道。

「哪、哪招？」黃天佑一個哆嗦。

「黃呆瓜，你會爬樹嗎？」巫覡明左右張望，「雖然這裡比較少遊客會來，但你身上的符紙效力到明天，若是哪條野狗往你身上撒尿你也不能怪牠不長眼。」

「爬、爬樹……我會呀……只要不要太高。」黃天佑依舊不了解兩位巫家人達成什麼協議。

巫覡萌從外套中撈出鎖匙，鎖匙圈是當紅的《鬼滅之刃》的角色橡膠人偶。

「這個很棒吧！就他了！」巫覡萌拆下吊飾。

「等等，伊之助跟你們的問題有什麼關係？」

「哦？你也有追這部呀！等事情處理完我們來好好聊一聊，那結局讓我想掐死作者。」巫覡萌咬牙切齒道。

「誰讓你們兩個聊起天來！」巫覡明用力踹了黃天佑，「叫你爬樹就爬樹，廢話這麼多做什麼！爬上去，盡量穩定自己的身子，最好是穩到打瞌睡也不會摔下來的程度！」

臀部發疼的黃天佑淚眼汪汪選了一棵矮樹開始攀爬，他的動作笨拙，爬了好一會才上去。

「接著！」巫覡萌朝黃天佑扔了一樣東西，黃天佑湊巧接著，是一枚銅錢。

「銅錢收好。現在盡量讓自己坐得舒服，然後閉上眼睛，在我說可以之前都不能睜開。」巫覡萌認真叮囑。

黃天佑在兩位巫家人脅迫下，盡快穩住身子，他跨坐樹枝倚靠樹幹，左右晃晃確定自己不會掉下去後，將銅錢握在掌心，閉起雙眼。

他又聽見巫覡萌甩動銅錢的咻咻聲，那聲音非常催眠，不知不覺間黃天佑覺得好睏，睏得眼睛無法睜開。

「好了！可以睜開眼睛啦！」

巫覡萌的聲音劃破一切出現，黃天佑趕忙睜開雙眼，卻發現視角有些怪異，不論巫覡明或者巫覡萌都成為巨人，他的視線竟然只到兩人腰間。黃天佑覺得自己的關節僵硬，好像被人打上全身石膏。他瞥往自己的四肢⋯⋯。

「靠！我怎麼變成這樣！」

巫覡萌體貼拿出化妝鏡放在黃天佑眼前，他發現自己的意識居然存在於伊之助的人偶中。

「你走得太慢會妨礙我們，所以阿萌把你抽魂，暫時安置在這，你跟著她，連腿都不用抬，不用感謝我的善舉。附帶一提，你這豬頭終於有了名副其實的長相，阿萌這次實在選得好。」巫覡明涼涼道。

黃天佑幾乎崩潰，在他有限的人生與智慧中，他曾幾何時想過自己的靈魂會附身在一個當紅的「豬頭人偶」身上。

「好了！黃天佑，你的本體就乖乖睡在這，你的靈魂跟著我們！我們趕快再出發，時間不等人！」

巫覡萌開心地甩起伊之助吊飾，晃得黃天佑直想嘔吐。

少了黃天佑拖後腿，兩名巫家人以極快的速度跟著紅衣小女孩踏過近日它出沒的地方，一路上不但遇到零星遊客，甚至看到躲在樹叢巫山雲雨的情侶。

「阿萌，交給妳處理。」單身狗巫覡明受不了立體音效的刺激，當下命令自己的親戚以嚴刑辦理。

巫覡萌隨手晃動手上的銅錢手環，追上巫覡明遠離「草震」現場。黃天佑不知道巫覡萌做了什麼，卻聽見後方傳來男女的尖叫聲。

「巫小姐，妳做了什麼？」黃天佑完全不知道罩著豬頭面罩的自己是由哪裡發聲。

「沒做什麼呀！我只是讓停在旁邊的機車自己發動，兩人的手機同時響起，沒想到這樣就能把他們嚇得魂飛魄散。」

紅衣小女孩漸漸帶他們來到山的盡頭，然而那六名大學生的身影，巫覡明與巫覡萌始終沒有看到。

「阿覡……那六個大學生，上山的目的會不會跟紅衣小女孩完全無關？」黃天佑無法揮動四肢，只能放聲大喊。

巫覡明停止步伐，轉頭望著被巫覡萌放在手上的黃天佑。

「不是為了……紅衣小女孩來？」

霎時間三人緘默，若六位大學生不是為了紅衣小女孩上山，那麼他們以紅衣小女孩近日的足跡去搜尋大學生根本是徒勞無功。

然而，那六名大學生究竟是為了什麼登山？

巫覡明深吸一口氣道：「阿萌，我要召喚山神的靈。」

七

「阿明你瘋了嗎！」

沉默半晌，回過神的巫覡萌立即高聲駁斥巫覡明的決定。

「山神是什麼階級的『靈』你不知道嗎？就算你真的是巫家中能力最強的人，召喚山神也不怕被弄去半條命嗎？還有，陽明山是活火山，你不怕喚醒神靈的同時讓火山一起啟動嗎？」

「不然妳說還有什麼辦法！」巫覡明垂著頭吼了回去。

巫覡明失控的怒吼讓巫覡萌與壓根不敢出聲的黃天佑雙雙靜默。

「那六個人已經失蹤三天，如果真的出事，老師不會原諒我的！我必須盡快找到他們，無論是用什麼辦法！就算喚醒山神有可能讓火山復甦，只要我跳入火山口進行人祀，巫家的血多少也能鎮住岩漿的熱力，不會讓火山噴發的。」

「阿明，你不是在開玩笑吧？」

「老師是這世界上第一個無條件相信我的人，我死也不能讓他失望。如果我召靈失敗或遭到反噬，你們要幫忙我繼續找出那六名大學生。」

「阿明你若出事，峰叔叔會傷心的……」巫覡萌悄聲道。

「那老頭子巴不得我從來沒出生過。」

巫覡明蜻蜓點水的回覆巫覡萌，他的語調已不如之前急躁強烈，而是以一種毫不在意的口吻回話。他支開紅衣小女孩獨自走到空曠處，

黃天佑急了，如果他還是「原本的黃天佑」，就算不敢，他也要上前用力給巫覡明一拳，但他現在只是「伊之助」，還是一隻全身塑膠動彈不得的伊之助！他剩下什麼能阻止巫覡明？

「巫覡明！」

黃天佑使勁氣力大吼，背對巫覡萌與黃天佑的巫覡明雖然沒有回頭，卻是停下腳步。

「你不能死！你如果死了我就到你老師前面報黑料！說你根本不穩重，做事也沒分寸，還總是欺負我！我會把你講到讓你在你老師心中的形象一落千丈！聽到沒？巫覡明！你千萬不能死！」

巫覡明驀然回頭，臉上帶著一抹詭異微笑。

「輪不到你這豬頭人對我說三道四，你想死，我還不想！你們全部後退，我要開始召靈了。」

巫覡明拿出小刀，一口氣劃破兩手腕脈，接著他敞開雙臂，鮮血順著弧度由上往下滴落土地，接觸到巫覡明血液的草葉發出燒焦的嘶嘶聲。

巫覡萌趁機將四枚銅錢拋擲至四方，單手迅速一比，銅錢間出現若有似無的絲線如天羅地網包住他們。

巫覡明沒理會巫覡萌，他開始旋轉身體，敞開的雙手輕柔劃開空間，這次巫覡明沒有阻止旁人觀看他的召靈舞蹈；巫覡明的舞姿如風，如流水，看似無須思考的流暢動作讓巫覡明的氣質變得中性，他的舞蹈魅惑卻又神聖，每一次踩踏都震撼著黃天佑與巫覡萌的心臟。滴落的鮮血在他的舞中如花瓣散落，猩紅的血點隨著巫覡明的動作加速逐漸串連成線，巫覡明的身影彷彿籠罩在紅色的帛披之中。

接著他單膝跪地，掌心朝上垂落。

「恭迎，山神降臨。」

總是被笑稱沒文化的黃天佑記得一段古詩，冬雷震震，夏雷雪，天地合……，他屏息等待古詩上那世界末日般的景致出現。

沒有半點風吹草動，黃天佑不禁懷疑巫覡明的召靈失敗，然而此刻托著他的巫覡萌卻低聲一句。

「來了。」

夜風彷彿被某股無形力量刻意停歇，連空氣也不再流動，包圍他們的山林進入真空狀態，所有聲響都被阻斷，黃天佑反倒有種進入無重力的飄浮感，凝滯的氣場讓他心臟宛如受到重擊。

非常難受，就算被困在伊之助的吊飾內，黃天佑也能感受到極端的壓力。

一道形體不明確的螢光在巫覡明面前凝聚，螢光越漸晶亮，最後凝聚出一名只有人類外型，卻沒有實際五官，全身發光的巨人。

「拜見山神大人。」巫覡明肅然鞠躬。

「罷。」

遠比那回聽見的贔屭聲音更加宏亮，宛如沉悶的春雷，又好似暴雨，迴盪耳膜的極大音量讓黃天佑耳鳴。

「吾知汝所為何來。」山神的聲音響遍整座山。

「我為那失蹤的六人而來，懇請山神大人給予指點。」巫覡明依舊維持鞠躬的姿態。

「那六人夾帶惡意入山，於山陰之處停歇。」

螢光巨人抬手朝山稜一指，於陰影處應勢出現微光，巫覡明遙望那微弱的光點。

「巫覡明感謝大人指點，驚擾山神大人深感抱歉，來日必獻上陪禮。現下請容巫覡明速去尋找那六名人類。」

「准。汝能帶走他們，亦是助吾。龐巨的邪惡影響山林，萬物即將脫離吾的掌控。」

螢光毫無預告崩解，那種壓迫心臟的無形氣場消散，

巫覡明火速用殘血在雙腳腳踝畫了一道符咒，一把拉起紅衣小女孩，接著如輕功大師附體，竟然直接朝山稜「跳躍」，一眨眼就不見蹤跡。

「阿明！我們不會飛耶！」巫覡萌大喊。

光點消失，巫覡萌與黃天佑剎那間失去目標。

「巫小姐……我們能怎麼追阿覡呀？」

「在追阿明之前，我們有更大的問題要面對……」

巫覡萌慘白了臉，她引導脖子無法轉彎的黃天佑看往方才巫覡明站的草地，乾枯的草地浸潤鮮血呈現暗褐色，不難猜想巫覡明為了召喚山神之靈，失血狀況並不樂觀。

「阿明的血有毒，一般精怪會怕，有防範作用，但面對那些以惡毒為食糧即將成妖的……倒是很好的滋補聖品。」巫覡萌慘笑。

細碎的聲響鋪天蓋地包圍他們，黃天佑完全無法判斷聲音從何而來。

「在找阿覡之前，我們要想辦法擺脫它們……或者說，想辦法保命。」

八

巫覡萌將伊之助的扣環打開，與自己的金鎖片項鍊繫在一塊，免得打鬥途中黃天佑飛到天涯海角。黃天佑貼著巫覡萌的胸脯，腦中只想著非禮勿視，視線卻不知該往哪處落下。他赫然發現巫覡萌戴著的並非金鎖片，而是一隻黃金雕刻的獅頭。

巫覡萌不愧是有著大媽靈魂的少女，永遠能俗出黃天佑的認知。

「收！」

巫覡萌一聲令下，方才散落四方的銅錢朝他們靠攏，細密的網如金鐘罩保護著他們。

「黃天佑，我們應該有個共識……我們兩人都不想死在這吧？」

黃天佑感受巫覡萌胸前滑過冷汗，分不清方向的噪音越來越強烈。

「當、當然！」

「那你喊一聲巫家仙女救救我，我就保你全身而退好嗎？」

黃天佑已經不知道「自尊」兩個字該怎麼寫了，只要能讓他飽住小命，要他把自尊掛在市場口賣都沒有問題。

黃天佑想都沒想就是一陣由丹田出力的呼喊：「巫家仙女救救我！」

巫覡萌揚起嘴角：「狻猊！」

在黃天佑理解局面前，擋在自己旁邊的金色獅頭墜子消失，他整個人立刻滑到巫覡萌的乳溝中。金色獅頭脹大，成為一隻掌心大的金色小獅子。

「嘿嘿！我把狻猊養成這樣子了，不簡單吧？」

「雖然我很想稱讚巫小姐法力無邊，但這麼小隻的狻猊能怎麼保護我們？」

「不准嫌我小！」狻猊怒道。

狻猊張嘴，小小嘴巴吐出濃密煙霧，煙霧的氣味讓黃天佑想到廟裡獨有的氣味。煙霧蔓延，將所有聲音擋在外頭，黑色的精怪在其中若隱若現，試圖突破煙霧攻擊兩人，卻屢屢失敗。

「不枉費我每天帶祂到廟裡過香爐，普通精怪怎麼耐得住神明加持的香火呢？」巫覡萌得意洋洋。

「小萌，這香火擋得了一時擋不了一世！這些山野精怪最怕火焰，不如讓我吐把火燒光它們？」狻猊建議。

「不能放火！」巫覡萌和黃天佑同時大喊。

這裡可是陽明山國家公園，狻猊一放火來的可是森林大火，光是丟棄菸蒂就罰個萬把元，若燒了整座公園，他們兩人怕是投胎三次也無法償還國家損失！

「不能放火我還能放什麼？」狻猊邊吐著煙邊說話，「我這煙就快吐完了，到時候架打輸了，我可跑第一個！」

「你就不能學動畫吸收大家的力量放個什麼元氣彈嗎！」自己都能變成伊之助了，神獸放出元氣彈也不是不可能吧？黃天佑驚慌道。

黃天佑的話讓巫覡萌靈機一動：「狻猊，這裡是龍脈，祢能調動這邊的靈氣嗎？」

狻猊瞪起祂十元硬幣大的眼睛，全身金光閃熠熠。

「能吃多少，就吃多少！」巫覡萌叫喊。

狻猊應聲開始吞吃陽明山境內的所有靈氣，隨著吸入體內的靈氣越多，狻猊的身軀開始向外擴展，從雙拳大變成籃球大，在從籃球大變成娃娃車大小，最後定型在黃天佑想都沒想過的挑高樓層的高度。

狻猊發出滿足的飽咳：「現在總算像樣些，有我以前十分之一的樣子。」

「神獸都有這麼大？」

「我是很喜歡聊天但我們要先離開這個地方！」巫覡萌伸手往遠方一指，「記不得確切方向了啦！總之狻猊，祢先載我們往那裡跑！」

狻猊低下頭，巫覡萌手腳俐落從頭爬上狻猊的背脊，待她坐穩，狻猊四肢一張頓時彈離原地。

透過高空俯視，黃天佑才看清楚剛剛包圍他們的香火周遭有多少找不出本體的細瘦雙手試圖衝破防護對他們「出手」。

巫覡明的血有那麼吸引人嗎？

「……為什麼那群精怪要找我們碴？它們是過於害怕阿覡見我們落單才出手嗎？還是阿覡的血跟唐三藏的肉一樣吃了可以長生不老？我不懂，阿覡到底哪裡特別？」

「青姨跟你講過峰叔叔跟阿明的事了嗎？」巫覡萌拉著狻猊的鬃毛控制方向。

「講過。」

「那你就該知道他們父子不可能太親近彼此。阿明的能力太過詭異，除了我跟姑姑外很少族人願意跟他在一塊，第一個能完全接納他的能力的人，就是獵魔協會會長。」

「阿覡的能力太過詭異？你們巫家人的能力不都大同小異嗎？」

「我還是阿明應該有跟你解釋過巫家人傳承的能力是『召靈』吧？召靈的前提是要聽得到『靈的聲音』。阿明的體質特殊，聽力太好，不只能聽到靈的聲音，他的血還能跟所有異能者的能力產生共振，接著他再透過『聽』，了解那個人是如何操作自己的能力。簡單來說阿明可以透過聽覺『拷貝』所有人的異能。」巫覡萌倉促解釋。

黃天佑想起來巫覡明曾向自己示範過替身蠱與煉器是如何操作，也想到巫覡明常自誇自己是天才……。

「如果當時不是你也在場，我想阿明對付蠱師時，他應該可以直接學習對方的能力，讓自己對蠱蟲的控制力凌駕於蠱師，直接反轉蠱蟲的目標。也因為阿明這種能力，聽越多越容易迷失自己，所以他當宅男、懶得離開巫山館，也被獵魔協會視作危險份子。」

黃天佑沉默，巫覡明足不出戶不是因為天性犯懶而是為了不禍害天下？

「唉唷！我真的記不得阿明剛剛往哪邊跑了。黃天佑，你還記得山神指引的方向是哪邊嗎？」

僅憑匆匆一瞥，何況還是站在伊之助的視角，黃天佑壓根沒看到巫覡明往哪蹦跳去了。他靈光一閃，急促詢問。

「巫小姐，妳不是能讀器靈嗎？妳不能透過詢問器靈得知阿覡往哪去了嗎？」

「唉唷！你是要我調動全山上的告示牌、路燈之類的嗎？可以是可以，但我怕我體力透支前還沒有找到確切方向。」

「不是！只要妳詢問阿覡身上的器物不就好了嗎？妳不是給過阿覡一個銅錢法器嗎？」

巫覡萌眼睛登時一亮，隨後暗了下去：「你的方法很好，但我能讀到的器靈距離不能離我太遠。我現在連阿明的車尾燈都看不到，不可能有辦法呼喚到那枚法器。」

「小萌。」狻猊的聲音如山神一樣震如悶雷，「這裡是靈山，沒什麼是不可能的！不足的地方就學我靠天地靈氣補足，妳試試。」

民主時代，兩票勝過一票，巫覡萌無奈也得嘗試一回。她讓狻猊停駐在安全的地方，閉上雙眼，試圖以巫家人的專長「聽靈」吸收大屯山的龍脈靈氣。

靈有其聲音，靈氣則是無形、消散四方、難以聚集的氣息，若非靠龍脈集中靈氣，狻猊也無法借助靈氣稍稍恢復原身。

巫覡萌逐漸從風的流動聽見山脈若有似無的呼吸，她專注在那微弱的吐息，漸漸讓自己的吐納和心跳與之同步。最後她發現聆聽到的靈氣脈動逐漸朝自己聚攏，並瘋狂竄入自己的全身精孔。她睜開雙眼，黃天佑發現巫覡萌的眼眸比以往更加晶亮。黃天佑感受巫覡萌的體溫驀地升高，彷彿一團火在她的胸口滾動。

「在那，我做的法器在那。」巫覡萌指向遠方。

狻猊見狀，立刻載上巫覡萌漂浮至半空，接著如騰雲駕霧疾箭朝巫覡萌指的方向射去。

「狻猊大人祢居然會飛？」黃天佑驚呼。

根深蒂固認為狻猊是地上走獸的黃天佑見著狻猊毫無罣礙於雲間行走只差沒咬到舌頭。

「混帳，你該不會真的認為我是一頭獅子吧！我是龍！」狻猊咆哮。

於半空中，黃天佑更能清楚看見夜色籠罩的山脈中有多少飄飄蕩蕩、畸形雙手正對他們揮舞，饒是受巫家人影響，不然他這種八字極重的「麻瓜」，怎麼可能看到陰陽兩隔的精怪？

「快到了！」巫覡萌緊盯著山陰間的某處。

狻猊順著巫覡萌的目光稍微改變行徑路線，黃天佑在半空看到一片漆黑的山林出現與其違和的紅點，他猜想那或許是紅衣小女孩。

他們抵達目的地降落，黃天佑看見的紅點果不其然是站在山洞外的紅衣小女孩，巫覡明隻身站在洞口，巫覡萌讓狻猊回歸成原來的鎖片，默默走向巫覡明與他並肩而立。

巫覡明不發一語望著洞內，洞內躺著六具環繞成圈的人體，他們的胸脯毫無起伏，面色蒼白。

黃天佑看多了這樣的人體，他清楚那失蹤的六名大學生已經死了，死透了！慘了，他親耳聽到巫覡明最尊敬的老師曾恐嚇他若是六名大學生發生意外就唯他是問，如今六名大學生不僅出現意外，還是那種最無可挽回的意外，黃天佑不知道巫覡明該如何面對敬愛老師的雷霆之怒。

「阿明！他們身上有遺書！而且、而且他們應該不是為了紅衣小女孩上山的！他們的死與你無關！」能聆聽器靈的巫覡萌在掃視現場後大聲喚醒呆滯的巫覡明。

巫覡萌打開手機LED燈，回神的巫覡明就著微弱光暈在最近洞口的遺體的口袋翻找，他搜出一張摺得很小的紙籤，並在其餘五個人身上也找到相似的物品。

遺書內容大同小異，不外乎對世界感到厭惡、對人際關係感到徬徨，因此選擇在網路上組成自殺團，與同樣有自殺意願的大學生一同上山找尋自殺地點……。

趁著巫覡明搜尋遺書的同時，黃天佑趁機觀察屍體外觀，六名遺體，唯一的致命傷應該是在脖頸的傷口，從傷口狀態是從左側最深一路到右側最淺，黃天佑認為大學生們在服藥後採取激烈的割頸方法自殺的可能性極大。

地上滯留的鮮血凝結成膏狀物，將大學生的頭髮糾結成團，黃天佑望著倒在血泊中的六具遺體喃喃。

「山神巨人說的……六個人帶著惡意上山，指的是他們帶著自殺的念頭上山嗎？」

「恐怕不是這樣。」同樣在翻找遺體的巫覡萌接話，然後顫抖地從其中一具遺體的上衣內側找到一只雕花精緻的小罐子。

「阿明，我應該沒認錯吧？」

黃天佑與巫覡明雙雙看往罐子，那只罐子他們不是第一次見過，早在天星建案解決「傀」時，他們就看過雕花相似顏色相異的罐子。

巫覡明的視線轉往山洞盡頭深處，巫覡萌將手機的光打往他視線落下的位置；山壁上畫著詭異的圖騰，從地面一片乾淨推判，以鮮血繪製圖騰的必定是除了六名大學生外的第七個人。

「克羅諾斯……。」巫覡明咬牙切齒道。

九

天即將破曉，巫覡明打了廖局長的私人電話，告訴他狀況與大學生遺體的所在位置，廖局長表示會即刻派人過去。

巫家人與還是伊之助的黃天佑處在山洞外久久不能言語，打破沉默的反而是不能說話的紅衣小女孩。它輕拉巫覡明的衣角，以眼神看往山洞。

「妳想留下來淨化這裡？」巫覡明從紅衣小女孩的動作解讀它的意思。

紅衣小女孩認真地點頭。

「妳確定嗎？如果妳決定留在這，那就留在這吧！我有空會過來帶點東西給妳。」

微暗的天逐漸露出曙色，紅衣小女孩衰老的臉宛如換膚，漸漸變得柔嫩，恢復到黃天佑初次見到的可愛小女孩樣貌。然後，紅衣小女孩走往洞穴口，它伸出雙手摸向山壁，她的手不斷伸長，與常人比例相悖的手臂消失人形成為藤蔓，紅衣小女孩的人類形貌擴散，成為一株攀爬在洞穴上頭的紅色牽牛花。

「原來……紅衣小女孩的真面目是牽牛花？」

「對呀！牽牛花清晨開花黃昏凋謝，吸收精氣轉化人形不就剛好白天是女孩晚上是老嫗？阿明就是利用這點，借力使力，讓巫山館花園中的牽牛花成為傳說中的紅衣小女孩。」

「廖局長說我們最好在警方到場前離開，免得節外生枝。阿萌……妳有辦法帶我們回巫山館嗎？」巫覡明低聲下氣詢問。

面對巫覡明極有禮貌地發問，巫覡萌與黃天佑雙雙瞪大雙眼，藉由陽光，他們才發現巫覡明因為失血過多，臉色無比慘白，站著的下肢更不斷顫抖，他是靠著意志力支撐到現在。

「你、你快坐下！我讓狻猊載大家回去！」

在青姨細心照料，餐餐十全大補湯餵食後，沒兩天巫覡明又回到過往生龍活虎胡作非為的樣子。在這場紅衣小女孩鬧劇中，後遺症最嚴重的莫過是黃天佑。

送巫覡明回巫山館後，巫覡萌立刻折返回去找黃天佑的本體，找到本體後也迅速將黃天佑的靈魂從伊之助的吊飾中解放。奈何沒有靈魂的肉體根本是蚊子的天然buffet，成為山中蚊子最好野味的黃天佑從頭到腳被叮得體無完膚，回去上班還差點讓同事通報麻疹。

為了不節外生枝以及宣揚邪術，巫覡明在廖局長首肯下，先行破壞了自殺現場所有有關克羅諾斯的痕跡，到底六名大學生是因為有自殺的念頭才被克羅諾斯選上，亦或是他們先被克羅諾斯選上才有了自殺念頭，巫覡明等人不得而知，當天情況太亂，巫覡明狀況又太差，他們無暇召靈，或許讓真相成為羅生門，心裡才不會受到過多打擊。

「阿覡！我買了紅豆湯來給你補血用。」

一遇休假，關心巫覡明身體的黃天佑又到巫山館串門子，還禮貌自備點心。

「……你當我是女人生理期來了要吃紅豆湯嗎？」巫覡明的臉色陰晴不明。

「不、不都是要補血嗎？」

「算了！拿來！」

巫覡明向來不拒絕美食，就算是洋溢滿滿少女心的粉紅色馬卡龍他也來者不拒。享用紅豆湯間，黃天佑順便問了六名大學生自殺事件的後續。

「我回到巫山館後昏了大半天，來不及向老師在第一時間匯報狀況，以至於老師是看到新聞才打視訊聯絡我，我還是老師打了第二通才有辦法跟他說出事情始末。老師大概從廖局長那兒先聽到一些風聲，知道事情跟克羅諾斯有關後對我沒有多加怪罪，只是斥責我輕率召喚山神之靈，罰我在巫山館閉門思過一個月。」

黃天佑翻了白眼，熟悉巫覡明宅男生活的人就會知道對他而言閉門思過跟維持原本生活作息根本沒兩樣，這位老師要不是真不了解巫覡明，就是過於了解又愛徒心切，輕罰帶過。

「阿萌回去也不好過。」巫覡明淡淡道。

「巫小姐怎麼了嗎？」

巫覡明舀起一杓紅豆湯：「人類的身體本來就不可能隨意接納天地靈氣，如果能，那些登山客早就羽化登仙！要不是有狻猊幫阿萌吃掉過多靈氣，她早就爆體身亡。回到家，姑姑逼著阿萌修練好一陣子才將過多靈氣轉化體內。我不知道阿萌的智商竟然低到這種程度，居然不懂靈氣這種東西不是能隨便吸收的。」

黃天佑乾笑，因為「元氣彈」的主意最初是他提出，這筆無知的帳有一半該算在他頭上。好在巫覡萌最後沒事，不然他就因為見識淺薄害死一條無辜人命。

黃天佑決定盡快轉移話題。

「阿覡，你破壞了畫在山洞的法陣，這樣不就查不出來那個法陣用途是什麼嗎？」

巫覡明悶不吭聲掀開桌上的廣告單，上頭以原子筆畫著繁複圖騰，乍看之下與黃天佑當天在山洞內看到的沒兩樣。

「這麼簡單的圖案看過一次就記得了，就算破壞了我也能再畫一次。這法陣別名地獄之門，是十三樣圖騰為一組中，最中心的圖騰，算是地獄之門的鑰匙孔。我想……在當時傀那邊應該也有類似的法陣，只是工地開挖過程中破壞掉了。」

「地獄之門……意思說……當十三樣圖騰都完成時……地獄之門就會開啟嗎？」

「如果只是這樣就好了。」巫覡明攪著紅豆湯，「地獄之門法陣確實能開啟地獄的大門，真正用途卻是讓人類世界與地獄互換，你懂我的意思嗎？」

黃天佑瞭然，地獄之門法陣能讓地獄取代人類世界，比單純的開啟地獄大門更加危險。他有些害怕，十三樣圖騰，克羅諾斯完成幾樣了呢？

「老師已經召集最強的獵魔人籌組應對團隊，而我……也不會放過克羅諾斯。敢在我的管轄範圍出手，看我不把他挫骨揚灰才怪。」

巫覡明放下湯匙，透過窗子，看往遠方。那道眼神雖然讓黃天佑察覺巫覡明的決心有多堅毅，卻也讓他心生畏懼。

巫覡明的眼神在黃天佑恍恍惚惚間，不禁與黑書上頭克羅諾斯畫像那雙炯炯有神的眼眸重疊。

《巫山館——荒山詭影》　全文完

後記

想當初在ＰＴＴ連載時，是以「裸奔」（沒有存稿）的方式連載，每每靠著推文者那一個綠綠的推才有動力繼續前進。（特別感謝一位素昧平生的鄉民Snowyc，要不是他在每篇底下催文，我還真寫不下去。）

也由於在ＰＴＴ Marvel版連載過本書前兩章未修改前的版本，因此特別撰寫了全新的第三章〈紅衣小女孩〉，也為此惡補了相關傳說，還好膽子夠大，已經和黃天佑一樣可以面癱接受任何恐怖情節。

感謝秀威願意出版這本幽默的靈異故事，撰寫的時候我一直想像著台灣的人文景物，想著這樣的故事如果拍成單元劇是否有看點，想像巫覡萌搖晃的兇器與巫覡明俊美卻殺人不用刀的口才。感謝繪師胖達臨危受命，看著我的靈魂草圖幫我繪製了那麼合乎故事人物的封面（這回不像《天訣》，我沒力氣再畫插圖了），也感謝我的好夥伴，Better Together的成員（相關資訊請上臉書搜尋better together寫作回饋王國），裡頭有認真挑錯字散發聖光的創作者、擁有一堆專業知識的甜文創作者、明明筆名夠懶生產卻比誰都快的創作者、毒舌但又中肯評論到你不得不服的創作者、有對電影戲劇研究頗深的創作者、有放飛自我變成你猜不透下一篇她會萌什麼的創作者、有消失很久但大家都記得她故事有多變的創作者……，還有已經離開但我們可以緬懷的創作者。（人家還沒掛點好嗎？）還有，感謝李洛克老師願意為我寫推薦序，我非常推薦故事革命網站，可以從中學到不少東西，也感謝崑老師給了我一句中肯推薦句。

總之，創作就是這麼奇妙，往往幫助你的是那群你壓根不認識、甚至根本沒見過面的人，就是這股無形推力幫助我一路寫下去。

寫過悲壯的史詩劇《天訣》，也寫了幽默逗趣的《巫山館》，下一部作品我會嘗試什麼題材？想起來我自己都會害怕。

感謝看到這裡的你，也是有了你，這個我不知道的你，我才能一直走在創作的路，雖然常常跌跤跟繞遠路，但至少我還在這，會一直在這。

莫斌（Lameir）於5/26夜深人靜中，寫下這份感謝。

相關粉絲專頁，請上臉書搜尋Lameir 莫斌

網址：https://www.facebook.com/asphotooo/

釀奇幻45　PG2400

巫山館
——荒山詭影

作　　者　莫　斌
責任編輯　石書豪
圖文排版　楊家齊
封面插畫　胖　達
封面完稿　王嵩賀

出版策劃　釀出版
製作發行　秀威資訊科技股份有限公司
114 台北市內湖區瑞光路76巷65號1樓
電話：+886-2-2796-3638　傳真：+886-2-2796-1377
服務信箱：service@showwe.com.tw
http://www.showwe.com.tw
郵政劃撥　19563868　戶名：秀威資訊科技股份有限公司
展售門市　國家書店【松江門市】
104 台北市中山區松江路209號1樓
電話：+886-2-2518-0207　傳真：+886-2-2518-0778
網路訂購　秀威網路書店：https://store.showwe.tw
國家網路書店：https://www.govbooks.com.tw
法律顧問　毛國樑　律師
總 經 銷　聯合發行股份有限公司
231新北市新店區寶橋路235巷6弄6號4F
電話：+886-2-2917-8022　傳真：+886-2-2915-6275

出版日期　2020年7月　BOD一版
定　　價　330元

國家圖書館出版品預行編目

巫山館——荒山詭影 / 莫斌著. -- 一版. -- 臺北
市 : 釀出版 : 秀威資訊科技發行, 2020.07
面 ;　公分. -- (釀奇幻 ; 45)
BOD版
ISBN 978-986-445-394-8(平裝)

857.7　　109005859

讀者回函卡

感謝您購買本書，為提升服務品質，請填妥以下資料，將讀者回函卡直接寄回或傳真本公司，收到您的寶貴意見後，我們會收藏記錄及檢討，謝謝！
如您需要了解本公司最新出版書目、購書優惠或企劃活動，歡迎您上網查詢或下載相關資料：http:// www.showwe.com.tw

您購買的書名：________________________________

出生日期：________年________月________日

學歷：□高中（含）以下　□大專　□研究所（含）以上

職業：□製造業　□金融業　□資訊業　□軍警　□傳播業　□自由業
　　　□服務業　□公務員　□教職　□學生　□家管　□其它______

購書地點：□網路書店　□實體書店　□書展　□郵購　□贈閱　□其他

您從何得知本書的消息？

□網路書店　□實體書店　□網路搜尋　□電子報　□書訊　□雜誌
□傳播媒體　□親友推薦　□網站推薦　□部落格　□其他__________

您對本書的評價：（請填代號　1.非常滿意　2.滿意　3.尚可　4.再改進）

封面設計____　版面編排____　內容____　文／譯筆____　價格____

讀完書後您覺得：

□很有收穫　□有收穫　□收穫不多　□沒收穫

對我們的建議：________________________________

____

____

____

請貼
郵票

11466
台北市内湖區瑞光路 76 巷 65 號 1 樓
秀威資訊科技股份有限公司 收
BOD 數位出版事業部

（請沿線對折寄回，謝謝！）

姓　名：＿＿＿＿＿＿＿＿ 年齡：＿＿＿＿ 性別：□女 □男

郵遞區號：□□□□□

地　址：＿＿＿＿＿＿＿＿＿＿＿＿＿＿＿＿

聯絡電話：(日)＿＿＿＿＿＿＿＿ (夜)＿＿＿＿＿＿＿＿

E-mail：＿＿＿＿＿＿＿＿＿＿＿＿＿＿＿＿